Thomas Brezina

Die Knickerbocker Bande

Maskenspuk in Venedig

Illustrator:
Pablo Tambuscio

Joppy

Hallo!

Als mich meine Eltern zum ersten Mal nach Venedig mitgenommen haben, trug ich Lederhosen (keine Knickerbocker, sondern kurze Tiroler Lederhosen).
Wir sind Gondel gefahren, das weiß ich noch genau, und ich habe mich ständig gefragt, welche Geheimnisse die Palazzi verbergen, wieso das Wasser der Kanäle so dunkel ist und wie die Gärten hinter den Mauern aussehen, an denen wir vorbeigekommen sind.
Ihr fragt euch, wie die Ideen für meine Geschichten entstehen?
Zum Beispiel so.

Viel Spaß beim neuen Abenteuer der Bande

DIE KNICKERBOCKER BANDE

ECHTE KNICKERBOCKER LASSEN NIEMALS LOCKER!

POPPI

Liebt Tiere.
Tut alles für Tiere.
Hat einen Mini-Zoo zu Hause.
Mag Pizza (natürlich ohne Fleisch).
Ihr Hund heißt Joppy.

DOMINIK

Lieblingsfrage: „Wie ist das genau?“
Kann schrecklich kompliziert reden.
Isst Spaghetti mit rotem Pesto gerne.
Spielt am Theater, in TV-Serien und Filmen.
Hat immer Glücksbringer eingesteckt.

AXEL

Sein Motto: „Los geht's!"

Er liebt Fußball, Schwimmen und Skateboard fahren.

Außerdem Action-Computerspiele.

Wurde früher als Gnomi verspottet, weil er klein war.

Schnitzel mit Gurkensalat isst er am liebsten.

LILO

Wird Superhirn genannt.

Mag Rätsel, Sudoku, PC-Spiele zum Kombinieren.

Geheim: Sind Axel und sie ein wenig verknallt?

Sport: Skifahren und Klettern.

Knetet ihre Nasenspitze beim Nachdenken.

DAS WESEN AUS DEM KANAL

„Sei kein Spielverderber", sagte Axel. „Die Regeln verlangen, dass du tust, was Lilo sagt."

„Nein!" Die Nase in die Höhe gestreckt schritt Dominik davon. Er ließ keinen Zweifel daran, dass er das Spiel, das den restlichen Mitgliedern der Knickerbocker-Bande gerade sehr viel Spaß machte, albern und kindisch fand.

„Der Spinner bist du!", rief ihm Axel hinterher.

„Lass unseren Graf Bobby!", ätzte Lilo.

Dominik überhörte die Kommentare und bog um die Ecke in ein enges Seitengässchen. Der Gehsteig war gerade breit genug für ihn. Auf der rechten Seite wurde er von der brüchigen Mauer eines dunklen Palazzos begrenzt, links rann träge schmutziges Wasser im Kanal. Es roch salzig und faulig und lud nicht gerade zum Schwimmen ein.

Ohne sich umzudrehen, ging Dominik voran. Seine Schulter streifte an der Hauswand entlang. Ein Stück vor ihm mündete ein anderer Kanal ein. Eine steile Bogenbrücke führte darüber.

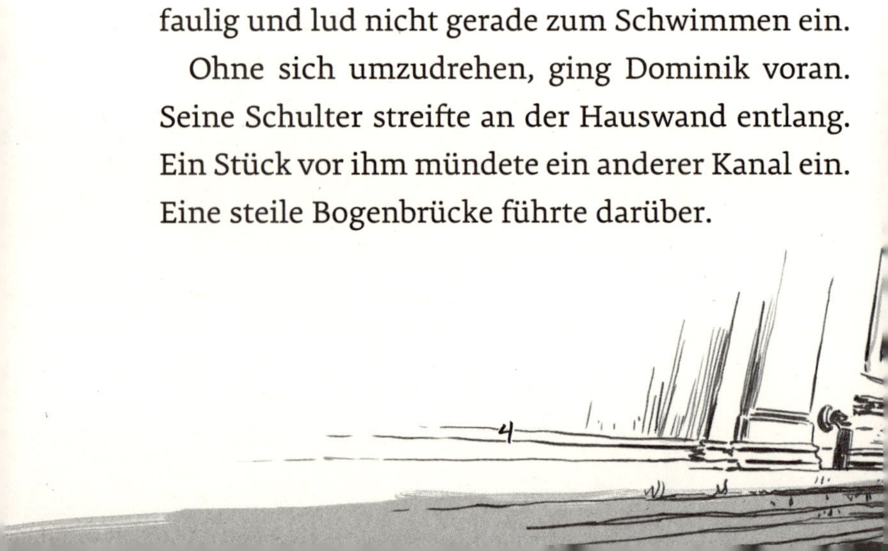

Dominik stieg bis zum höchsten Punkt und blickte in die Wasserstraße, die Booten und Gondeln vorbehalten war.

Unter sich hörte er ein leises Blubbern. Aus dem dunklen Wasser quollen immer größer werdende Luftblasen und zerplatzten an der Oberfläche.

Dominik blickte die Gasse, durch die er gekommen war, auf und ab. Weit und breit war niemand zu sehen.

Im Kanal, der vor ihm lag, war ebenfalls kein Mensch aufgetaucht. Wie grüne Hände ragten zu seiner Linken die Zweige eines Baumes aus einem Garten über die schiefe Mauer. Die meisten der Fensterläden waren geschlossen, um die frühsommerliche Hitze von den Wohnungen fernzuhalten. Nur ein einzelner Fensterladen im ersten Stock eines Palazzos zu seiner Rechten wurde an der Haltestange langsam aufgestoßen.

Hinter dem Fenster war niemand zu erkennen. Die Scheibe stand schräg und spiegelte das Leuchten der glasierten Dachziegel des Nachbarhauses.

Dominik starrte auf das Wasser. Zwischen den Luftblasen erschien eine dunkle, haarige Masse, die wie dünnes Seegras in der Strömung wogte. Zuerst dachte Dominik, es sei Müll oder ein totes Tier.

Doch das Haarbüschel im Kanal war nicht lose, sondern saß auf einem Kopf. Er tauchte Stück für Stück aus dem Wasser und bewegte sich dabei nach vorne. Dominik warf einen hektischen Blick zur Straßenecke, an der er den Rest der Knickerbocker-Bande zurückgelassen hatte. Keiner seiner Freunde war zu sehen.

Wie auf einer unter dem Wasser liegenden Treppe stieg die triefend nasse Gestalt herauf.

In Tropfen perlte das Wasser von ihrem Kopf und rann über den dicken Stoff eines langen Umhangs.

Das Wesen kehrte Dominik und der Brücke den Rücken zu. Es stand nur noch bis zu den Knien im Kanal, der an dieser Stelle viel tiefer sein müsste.

Vom offenen Fensterladen ertönte mehrere Male hintereinander ein Klicken. Wurde die Erscheinung fotografiert?

Sehr langsam, mit ruhigen, mechanischen Bewegungen, drehte die Gestalt im Kanal den Kopf etwas zur Seite und hob ihn dann zu dem Fenster, von dem aus sie beobachtet wurde. Sie trug eine Maske, die von der Stirn bis unter das Kinn reichte und an den Seiten sogar die Ohren des Trägers bedeckte. Obwohl Dominik schon mehrere Male am Theater gespielt und in Filmen mitgewirkt hatte, überraschte ihn der Anblick dieser Maske. Nie zuvor hatte er ein solches Gesicht gesehen.

Glatt und weiß glänzte die Oberfläche, wie straffe Haut, über die noch ein paar letzte Wassertropfen glitten. Die Öffnung für das rechte Auge war mit einem unregelmäßigen, grellroten Stern ummalt. In der Höhe des Mundes waren wulstige Lippen aus dem Holz geschnitzt. Sie standen halb offen. Dahinter blitzten gebleckte Zähne. Sie glänzten golden.

Dominik überkam oft der Drang, zu zählen, was er sah. Von seinem Standort auf der Brücke aus konnte er jedoch nur eine Hälfte der Maske erkennen und daher auch nicht feststellen, wie viele dieser schaurigen Zähne sie im Mund hatte.

Als hätte der Maskenträger seinen Wunsch gehört, wandte er sich langsam zu ihm um.

Die weiße Maske glotzte ihm wie eine grimmige, angriffslustige Fratze entgegen. Um das linke Auge war ein pechschwarzer Fleck gepinselt, der Dominik an eine leere Augenhöhle erinnerte. Die Nase stand spitz und lang hervor.

„Eins, zwei, drei, vier, fünf, sechs, sieben, acht, neun!" So viele goldene Zähne blitzten ihm entgegen. Über die eine Backe zog sich ein schwungvolles, violettes Muster aus Wirbeln und

Schnecken, auf der anderen spross eine zarte Distelblüte.

Unter dem wallenden Umhang kamen Hände hervor, die die Ränder des Stoffes fassten und vor dem Körper zusammenzogen. Den Kopf gesenkt, schritt die Gestalt viel eiliger, als sie gekommen war, wieder in die nasse Tiefe.

Auf Zehenspitzen beugte sich Dominik vor. Er hätte sich am liebsten selbst geohrfeigt. Er hörte schon den Spott der anderen, wenn er von der unfassbaren Erscheinung erzählen würde, der er gerade begegnet war. Er hätte das Maskenphantom mit einem Knopfdruck auf seinem Handy fotografieren können. In der Aufregung hatte er jedoch nicht daran gedacht.

Mit einem Knall schlug der Fensterladen wieder zu und verbarg den Beobachter, der außer Dominik wohl der Einzige gewesen war, der das rätselhafte Wesen gesehen hatte.

Aus dem Garten hinter der Mauer drang ein Schrei. Er war schrill und lang und jagte Dominik die Gänsehaut über den Rücken.

ZUSAMMENSTOSS AM MARKUSPLATZ

Vor Lilo, Poppi und Axel öffnete sich der Markusplatz, eine der weltberühmten Sehenswürdigkeiten der Stadt Venedig. Auf drei Seiten war der Platz von langen Häuserfronten aus hellem Stein und schattigen Arkaden mit teuren Läden und einladenden Cafés umgeben. Die vierte Seite bildete die Markuskirche mit ihren hohen Torbögen und Kuppeln. Links ragte wie ein etwas hochnäsiger, hagerer Wächter der Campanile, der Glockenturm, zum Himmel auf.

Auf dem Uhrturm setzten sich zwei riesige Bronzefiguren in Bewegung. Unter großer Anstrengung schwangen sie die schweren Hämmer zuerst nach hinten, um sie dann auf eine Glocke, die in der Mitte zwischen ihnen hing, zu schlagen. Axel zählte vier Schläge und verglich die Zeit mit seiner Armbanduhr. Punkt vier Uhr nachmittags.

„Ich bin dran“, rief er Poppi und Lilo zu. „Immer wenn ein Sonnenhut an mir vorbeikommt ...“, fuhr Axel fort. Herausfordernd wackelte er mit den Augenbrauen.

„Immer wenn ein Sonnenhut an dir vorbeikommt, dann beißt du dich in die große Zehe“, trug ihm Lilo auf.

Es war sicher das lustigste Spiel, das die Bande je erfunden hatte. Ein Spieler wählte eine Situation, in der er tun musste, was die anderen ihm auftrugen. Diese Aufträge waren möglichst komisch.

Das war allerdings auch der Grund, warum Dominik aus dem Spiel ausgestiegen war. Sie hatten von ihm gefordert, zu fotografierenden Touristen zu gehen, in einen Kanal zu deuten und laut wie ein Schwein zu grunzen. Das aber war für den feinen Dominik zu viel gewesen.

Im Gegensatz zu ihm nahm Axel die Herausforderung an. Er bückte sich und zog schnell den Schnürsenkel seines Sportschuhs auf. So war er jederzeit bereit herauszuschlüpfen und den Fuß bis zu seinem Mund hinaufzubiegen.

„Da!“ Poppi deutete auf eine sehr rundliche Frau in pinkfarbenen Shorts und einem gestreiften T-Shirt, die an ihnen vorbeiwackelte. Als Schutz vor der Sonne wippte ein zu kleiner Sonnenhut auf ihren blond gefärbten Löckchen.

Axel packte sein Bein an Knöchel und Schienbein. Auf einem Bein stehend, zog er mit den Händen die Zehen des anderen Fußes bis zu seinem Gesicht hoch. Wie eine Preisrichterin tauchte Lilo neben ihm auf, um zu kontrollieren, ob er die große Zehe tatsächlich zwischen die Zähne bekam. Der gut trainierte Axel war biegsam und gelenkig. Er schaffte es mühelos.

„Punkt für mich!“, rief er triumphierend, ließ das Bein los und warf die Arme in die Luft. Sein Jubel über ein Tor bei einem

entscheidenden Fußballmatch hätte nicht größer sein können. Da verlor er die Balance.

Axel stolperte gegen einen großgewachsenen Mann, der gerade in ein Gespräch vertieft war.

Der Stoß kam für den Herrn mit dem silbergrauen Haar völlig unerwartet. Er verlor das Gleichgewicht, stürzte nach hinten und Axel auf ihn. In seinem schwarzen Anzug und mit dem zerfurchten, sehr blassen Gesicht sah der Mann auf dem Pflaster aus wie tot. Der graue Bart, der seinen Mund umrahmte, stand vom Kinn weg wie ein geknickter Eiszapfen. Er bewegte sich nicht, die wässrigen grünen Augen starrten in den Himmel.

Sein jüngerer Begleiter ging neben dem gestürzten Mann in die Hocke und griff nach der faltigen, schlaffen Hand.

„Conte! Conte!“, hörte Lilo ihn sagen. Conte war das italienische Wort für Graf. Der Herr, den Axel niedergerissen hatte, war also jemand Besonderer. Lilo witterte Ärger. Sie bückte sich und fragte auf Deutsch: „Soll ich Hilfe holen?“

Der Conte wirkte wie aus einer anderen, längst vergangenen Zeit. Seine schwarze Anzugjacke war viel länger, als man sie für gewöhnlich trug, die Hose hatte einen glänzenden Stoffstreifen an der Seite. Das Gesicht war von steilen Furchen durchzogen, die Augen waren von tiefen Falten umgeben.

„Conte!“, wiederholte der andere Herr immer wieder. Endlich blinzelte der Conte mit den Augen. Es bereitete ihm große Mühe, sich aufzusetzen.

Erst als sein Begleiter ihn stützte, gelang es. Als wüsste er nicht mehr, wo er sich befand, blickte er um sich. Er atmete tief durch und ließ sich von seinem Begleiter hochziehen.

„Entschuldige dich!“, raunte Lilo Axel zu. Sie unterstrich die Aufforderung mit einem Ellenbogenstoß.

„Tut mir leid“, brummte Axel lahm.

In gebrochenem Deutsch sagte der Jüngere der beiden Herren: „Verboten sollte man euch Touristen. Wo eure Eltern? Vorsicht auf Leute.“ Voller Verachtung fügte er noch hinzu: „Kinder! Eine Plage, diese Kinder, immer eine Plage.“

Die Begegnung endete so schnell und unerwartet, wie sie begonnen hatte. Grußlos wandte sich der Conte ab. Mit leicht gekrümmtem Rücken

schritt er davon, sein Begleiter dicht neben ihm. Schweigend sahen ihm die drei Freunde hinterher. Den Knickerbockern war die Begegnung nicht ganz geheuer.
Poppi bemerkte einen blassgelben Briefbogen auf dem Boden. Er musste aus der Ledermappe gerutscht sein, die der Begleiter des Conte unter dem Arm getragen hatte.

Sie hob das Blatt Papier behutsam auf und reichte es Lilo. „Advocato", las Lilo oben auf dem Briefkopf. Die Anrede, die sehr schwungvoll mit einem Füller geschrieben war, richtete sich an einen Conte Mamole.

„Gib's mir, ich bring es ihm nach", sagte Axel, entriss Lilo den Brief und rannte los. Er sprang die Stufen zu den leicht erhöhten Arkaden hoch und lief durch den langen Mauerbogen. So erreichte er eine Kreuzung, von der aus drei Wege weiterführten.

Weder in der Straße vor sich noch in den seitlichen Gassen konnte er die Herren entdecken. Vorläufig konnten die drei den Brief also nur behalten. Axel faltete ihn zweimal und steckte ihn lässig in die hintere Tasche seiner Jeans.

FRANKA, DIE SENSATION

„No!“, brüllte jemand hinter der Mauer, die sich altersschwach leicht über das Wasser des Kanals beugte. Es folgte ein Schwall sehr wütend klingender italienischer Sätze, die Dominik nicht verstand. Das Mädchen, das geschrien hatte, zeterte zornig.

Die Zweige der überhängenden Büsche bewegten sich, das Blattwerk raschelte. Mit Schwung schoss ein rotblonder Schopf in die Höhe. Ein Bein, das in einer giftgrünen, engen Hose steckte, wurde auf die Mauer geschleudert, Arme und ein Oberkörper in einem grellblauen Pulli folgten. Das Mädchen schimpfte noch immer unablässig über die Schulter zurück in den Garten, während es die Beine von der Mauer und über dem Kanal baumeln ließ.

„Ciao!“ Das Mädchen hatte Dominik auf der Brücke erspäht und winkte ihm wie einem alten Freund. Sie lehnte sich zurück und warf sich in Pose, als wäre sie ein Fotomodell.

„Take a picture!", verlangte sie auf Englisch. „I am a sensation in Venice!" Sie wollte, dass er sie fotografierte, weil sie eine Sensation in Venedig sei.

Neben dem Mädchen tauchte ein Frauenkopf auf. Die Frau war nicht mehr sehr jung, ihr Haar lang, kräftig und eisgrau. Es sah aus, als wäre sie auf einen Stuhl gestiegen. Energisch packte sie das Mädchen am Arm und versuchte, sie zurück in den Garten zu ziehen.

Durch die Gasse kamen mit schnellen Schritten zwei Männer. Grüne Augen, die tief in einem Knittergesicht lagen, musterten Dominik argwöhnisch. Der Jüngere der beiden schnaubte heftig und knirschte mit den Zähnen. Auf der Brücke angekommen, bemerkte der Ältere das Mädchen auf der Mauer. Das Blut schoss ihm vor Zorn ins Gesicht und er rief ihr etwas zu. Das Mädchen erwiderte nur ein höhnisches Lachen.

Kaum waren die Männer auf der anderen Seite der Brücke angekommen, entwand sich das Mädchen dem harten Griff der Frau, warf einen kurzen Blick in das trübe Kanalwasser, presste Lippen und Augen fest zu und sprang.

Der rotblonde Schopf versank wie ein Stein. Die Frau stieß einen erschrockenen Schrei aus und versuchte über die Mauer zu blicken, doch die Kante war zu hoch.

Prustend und spuckend tauchte das Mädchen knapp vor der Brücke auf und schwamm mit kräftigen Bewegungen zu einem sehr schmalen Mauervorsprung, der wahrscheinlich als Anlegemöglichkeit für Gondeln gedacht war. Dort zog sie sich hoch, presste sich mit dem Rücken gegen die Hausmauer und schüttelte mit angewiderter Miene das Wasser aus dem Gesicht und den Haaren.

Sie schob sich an der Mauer entlang bis zur Brücke, griff nach einem vorspringenden Stein, schwang sich hoch und turnte behände über das Geländer. Sie landete neben Dominik, grinste ihm ins Gesicht und schlug ihm mit der flachen Hand kumpelhaft auf den Rücken.

Das Mädchen redete zuerst Englisch. Als Dominik zögerte, wechselte sie zu Französisch, und als er immer noch nicht reagierte, zu Deutsch.

„Na, Großauge! Noch nie jemanden schwimmen gesehen?“ Sein Erstaunen schien sie zu amüsieren.

Der Kopf der Frau war hinter der Mauer verschwunden. Das Mädchen lachte und lief los. „Du bist tot, wenn du ihnen verrätst, wohin ich gelaufen bin!“, rief sie warnend über die Schulter. Dominik wollte dieses Risiko erst gar nicht eingehen und folgte ihr.

An der nächsten Ecke bog sie zuerst in die Gasse, in der Dominik seine Freunde zum letzten Mal gesehen hatte, um dann in einen Innenhof zu flüchten, in dem Palmen in Holzeimern wucherten, und durch einen Seitenausgang im Gedränge einer Straße voller Geschäfte unterzutauchen.

Aus Neugier war ihr Dominik dicht auf den Fersen geblieben. Selbst in einem stockfinsteren Raum hätte er das Mädchen jederzeit gefunden. Nach dem Bad im schmutzigen Kanalwasser stank sie gewaltig.

„Hallo“, sagte Dominik, als er aufgeholt hatte und neben ihr ging. Fürs Erste fiel ihm nichts Besseres ein.

Das Mädchen musterte Dominiks blaue Marinejacke und die weiße Hose. Es fehlte nur die weiße Kappe und man hätte ihn für den Kapitän eines Schiffes halten können. „Was bist du?“, fragte sie grinsend.

„Eine gute Frage", antwortete Dominik ruhig. „Du scheinst eine Sumpfdotterblume zu sein. Das stelle ich am Geruch fest."

„Scherz, Scherz!", lachte das Mädchen, ohne auch nur einmal stehen zu bleiben. Sie zupfte an ihrem Pulli, damit er nicht anklebte.

„Brauchst du Hilfe?", bot Dominik heldenhaft an.

„Gegen Donatella? Kein Bedarf! Mit der werde ich schon fertig. Der Conte ist ein härterer Knochen. Er hätte mich bestimmt wieder in das Verlies gesperrt. Dazu aber muss er mich erst einmal kriegen, der alte Nussknacker."

„Einen Moment mal", sagte Dominik, „du wirst in ein Verlies gesperrt?"

„Ich nenne es so. Es ist ein Zimmer mit einer winzigen Luke. Der Conte hält es für ‚Erziehung', wenn ich dort hocke und über mein schlechtes Benehmen nachdenke." Sie grinste in sich hinein. „Beim letzten Mal habe ich ein Päckchen Zigaretten hineingeschmuggelt. Nachdem er abgesperrt hatte, habe ich Rauch unter der Tür durchgepustet. Er hat den Zuckaus bekommen."

„Zuckaus?", wiederholte Dominik.

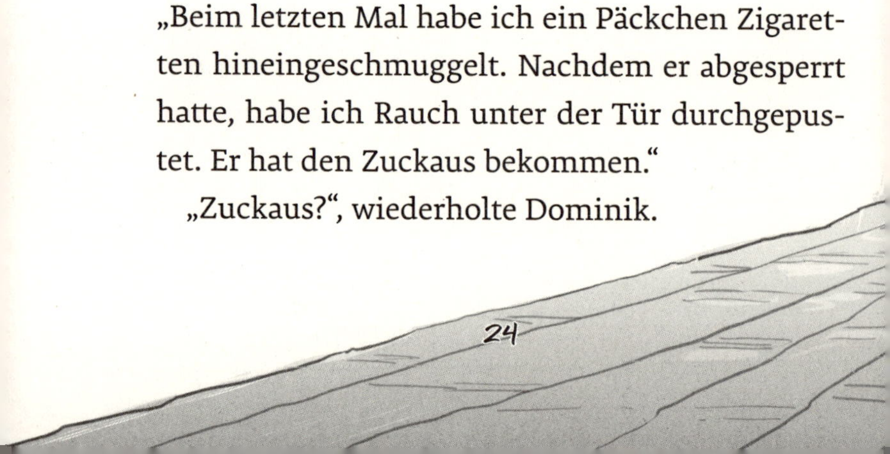

„Er ist halb verrückt geworden“, erklärte das Mädchen.

Sie schlüpfte in einen kleinen Laden, vor dem bunte Kleider aus gekrepptem Baumwollstoff ausgestellt waren. Hinter einer trüben Scheibe hingen noch mehr solcher Kleider. Da Dominik das Mädchen nicht einfach laufen lassen wollte, folgte er ihr.

Sie betraten einen hohen, sehr engen Raum. An zwei Wänden reichten alte Holzregale vom Boden bis zur Decke, an der dritten waren drei Kleiderstangen untereinander montiert. Auf den Stangen hingen die Kleider so dicht, dass es fast unmöglich war, die Hand dazwischen zu stecken.

Von einem wackeligen Stuhl sprang eine füllige Frau auf, die ein Baumwollkleid trug und dazu ein Tuch um die Hüften, eines um den Hals und ein drittes um das Handgelenk geschlungen hatte. Sie drückte das Mädchen an ihren großen Busen und sprach sie als Franka an. Bevor Franka noch etwas sagen konnte, hatte die Frau schon ein Kleid in der passenden Größe herausgesucht und drängte sie damit hinter einen schmuddeligen Vorhang in eine Wandnische, die als Umkleidekabine diente. Als Franka eine Minute später wieder auftauchte, erinnerten nur noch die nassen Haare an den Sprung in den Kanal. Sie trug ein Kleid mit oran-

gefarbenem Stoff und aufgedrucktem Karomuster in Dunkelrot. Franka wirkte darin verändert, viel weicher und feiner. Sie bedankte sich mit einem schmatzenden Kuss auf die Wange der Verkäuferin und verließ, ohne zu bezahlen, den Laden.

Auf der Straße holte Dominik Franka nach ein paar Schritten ein. „Ich hätte gerne erfahren, was geschehen ist. Und wieso kannst du einfach ein Kleid nehmen? Lässt du deine nassen Sachen im Laden? Reinigt sie die Frau?"

Franka blieb stehen, drehte sich zu Dominik und sah ihn fest an. „Du wohnst mit deinen Eltern bestimmt in einem Hotel. So fein, wie du aussiehst, hast du ein Zimmer für dich allein. Ich kann also bei dir pennen."

Franka hatte sofort wieder das spöttische Grinsen auf ihren Lippen. „Na, ich werde schon nicht heimlich mit dir schmusen.“

Dominik spürte, dass er einen knallroten Kopf bekam, und war auf sich selbst wütend.

„Das meine ich nicht“, verteidigte sich Dominik hastig. „Meine Freunde und ich sind auf Klassenfahrt und unser Zimmer ist in einem entsetzlich stickigen und muffigen Haus.“

Je schlimmer er das Heim schilderte, desto begeisterter leuchteten Frankas Augen.

„Wird bestimmt keinem auffallen, wenn ich bei euch untertauche. Wenigstens eine Nacht. Der Conte bekommt noch ein paar Falten mehr und Donatellas Haare werden endlich ganz weiß. Wenn ich dann auftauche, brechen sie in Jubelgeschrei aus und vergessen jedes Geschimpfe. Sie sind nur froh, dass es mir gut geht."

Noch nie zuvor hatte Dominik ein Mädchen so schnell und so viel reden gehört. Er sah sie staunend an, den Mund halb offen. Mit einem Finger drückte Franka seine Kinnlade von unten zu. „Besser so. Sonst schluckst du noch eine Fliege. Also, wo ist das Heim? Können wir hingehen?"

„Äh ... nein. Zuerst muss ich meine Freunde finden, um fünf Uhr treffen wir uns mit dem Rest der Klasse beim Campanile."

„Auch gut." Franka war mit allem einverstanden.

EIN URALTER BRIEF

Dominik traf sich mit seinen Freunden auf dem Markusplatz und stellte ihnen Franka vor. Zuerst wollte er auch sofort von der Begegnung mit dem Maskenphantom berichten, etwas hielt ihn jedoch zurück. Axel verschränkte abwehrend die Arme vor der Brust, Poppi kauerte auf dem Boden und spielte mit einer Taube und Lilo streckte herausfordernd das Kinn vor.

Um für bessere Stimmung zu sorgen, machte Dominik einen Vorschlag: „Ich lade euch alle auf

ein Eis ein.“ Er hatte vor kurzem wieder in einem Film mitgespielt und dafür eine Menge Geld bekommen. Auch wenn seine Eltern darauf bestanden, die Gage auf ein Sparbuch zu legen, erhielt er doch immer einen kleinen Teil davon als zusätzliches Taschengeld. Davon wollte er das Eis bezahlen.

Fein, wie er war, ging er auf die zierlichen weißen Tischchen eines noblen Cafés zu, die auf dem Platz aufgestellt worden waren. „Café Florian“ stand auf den Papierservietten. Unter einem Baldachin saß ein kleines Orchester und spielte schwungvolle Walzer.

Axel fielen fast die Augen aus dem Kopf, als er die Preise sah. Drei Kugeln Eis kosteten so viel wie sechs Kugeln in jeder Eisdiele bei ihnen zu Hause. Lilo wollte Erdbeere, Schokolade und Haselnuss. Poppi nur Vanille, Axel nur Zitrone, und Dominik wählte alle Eissorten aus, die so schwer auszusprechende Namen wie Stracciatella hatten. Franka bestellte eine doppelte Cola mit Zitrone.

Während sie auf das Eis warteten, begann Dominik zu schildern, wie er Franka kennengelernt hatte. „Ihr Großvater ist ein Graf, ein Conte“, schloss er.

Die Nennung des Wortes Conte ließ Poppi, Axel und Lilo wie elektrisiert zusammenzucken.

„Conte?“, wiederholte Lilo langsam. „Hat er viele Falten im Gesicht?“

Jetzt war Franka an der Reihe, erstaunt zu blicken. Sie zog die Augenbrauen in die Höhe. „Sag bloß, du kennst den alten Nussknacker, Zöpfchenfrau?“

Lilo überhörte die Bezeichnung „Zöpfchenfrau“ und erzählte von dem Zusammenstoß und dem Brief, den Franka ihrem Großvater mitnehmen konnte. Axel zog ihn aus der Hosentasche und strich ihn verlegen auf dem Tisch glatt. Beim Sitzen war das Papier ziemlich zerknittert worden.

„Tut echt leid“, sagte er zerknirscht.

Zuerst wollte Franka den Bogen einfach zerknüllen und in die Tasche des Kleides stopfen. Der Briefkopf aber machte sie neugierig. Ihre Lippen bewegten sich, während sie die Zeilen las.

„Der Notar schreibt dem Conte, er habe einen Brief für ihn. Was in dem Brief steht, das ist hier nicht zu lesen. Leider“, sagte Franka. „Aber der Brief ist alt. Ich würde sagen, uralt.“

Ein Kellner im Frack brachte die Eisbecher und zwei kleine Fläschchen Cola. Er schwitzte, aber es schien ihm nichts auszumachen. Er traute den jungen Gästen wohl nicht ganz, denn nach dem Abstellen der Gläser zückte er seine lederne Geldtasche. „Darf ich das gleich kassieren?“, fragte er auf Italienisch. Er zog einen kleinen Zettel hervor und legte ihn auf den Tisch. Dominik nahm die Rechnung ganz selbstverständlich an sich, bezahlte und gab auch noch ein dickes Trinkgeld. Der Kellner verneigte sich dreimal vor ihm.

„Was ist mit dem Brief?“, drängte Axel. Er ließ Franka nicht aus den Augen, während er das Eis löffelte.

„He, Mucki-Mann, bist ja ganz schön neugierig!“

Axel verzog fragend den Mund. „Hast du mich Mucki-Mann genannt?“

In Frankas Augen blitzte es frech. „Klar. Sieht doch ein Blinder, dass du deine Muskeln trainierst. Magst deine Muckis, was? Die machen mehr aus dir, weil du sonst eine dreiviertel Portion bist.“

Nichts machte Axel so wütend, wie für seine Größe verspottet zu werden. Er war kleiner als die meisten Jungs in seinem Alter. Franka hatte ihn durchschaut und seinen wunden Punkt gefunden. Er setzte bereits an, sie zu beschimpfen, als Lilo schnell zu reden begann, um Streit zu verhindern. „Jetzt sag endlich, was mit diesem Brief los ist!“

„Der Brief ist aus dem Jahr 1786! Er wurde bei einem Vorfahren des Notars hinterlegt und soll nun, nach Ablauf einer bestimmten Frist, dem Mamole

übergeben werden, der zurzeit Oberhaupt der Familie ist. Offenbar ist diese Frist nun vorbei." Sie legte eine Pause ein, um wirken zu lassen, was sie verkündet hatte.

„Ein Schreiben, das erst nach mehr als zweihundert Jahren übergeben wird", murmelte Lilo vor sich hin. Gedankenverloren rührte sie in ihrem Becher und mischte die drei Eissorten zu einem braunen Brei. „Was kann in einem solchen Brief stehen?"

„Ich hätte fast Lust, wieder in den Palazzo zu gehen und nachzusehen", meinte Franka. „Wie ich den Conte kenne, hat er den Brief bestimmt schon in seinem uralten Tresor eingeschlossen. Die Kombination kennt nur er."

„Auf dem Markusplatz hat er sehr erregt gewirkt", sagte Lilo, „und nach dem Sturz lag er da wie tot."

Franka schob den Kopf weit in den Nacken und beobachtete die Wolken, die der Wind über den Himmel jagte. „Ob der Brief daran schuld ist? Der Conte war in letzter Zeit überhaupt ziemlich gereizt. Und ständig berät er sich mit diesem Luigi. Ich kann diesen Speichellecker nicht aushalten.

Am liebsten würde er vor dem Conte herumkriechen und ihm die Schuhe sauberküssen."

Diese Vorstellung ließ Poppi schmunzeln. Der Begleiter des Conte hatte in der Tat sehr betulich gewirkt.

„Und wer ist Luigi?" Lilo kostete von dem Mischmasch, den sie vor sich hatte.

„Luigi ist so eine Art Anwalt und Detektiv. Großvater hat ihn irgendwann ins Haus gebracht, und seither weicht ihm Luigi nicht mehr von der Seite."

Die Bronzefiguren auf dem Uhrturm holten zu neuen Schlägen aus und ließen die Glocke tönen. Fünf Uhr. Zeit, den Rest der Schulklassen und die Lehrer zu treffen, die mit ihnen nach Venedig gereist waren. Ein Zuspätkommen brachte Strafarbeiten ein, auf die die Knickerbocker gerne verzichteten. Deshalb sprangen alle vier auf und ließen den Rest des Eises einfach stehen.

„He, wohin?“, rief Franka. Sie schnappte die zweite Colaflasche, die noch voll war, um den vieren zu folgen.

„Du kannst nicht mit uns in die Jugendherberge“, meinte Poppi.

„Kannst nicht mit uns in die Jugendherberge!“, äffte Franka sie abfällig nach. Sie warf Poppi einen verächtlichen Blick zu. „Was machst du überhaupt bei den Großen? Gehörst du nicht in den Kindergarten?“

Poppi schnappte empört nach Luft. Sie war die Jüngste der Knickerbocker-Bande, was man ihr auch ansah. Trotzdem waren Frankas Worte gemein. Dabei hatten sie ihr die Cola spendiert und waren alle freundlich gewesen. Was bildete sich diese Angeberin ein?

„Ich … ich muss euch noch etwas erzählen“, begann Dominik hektisch.

„Wo wohnt ihr überhaupt?“, unterbrach ihn Franka.

„Loconda Minerva“, sagte Dominik schnell, um Franka zu beruhigen und endlich mit seinen Freunden über das Auftauchen dieses Maskenwesens reden zu können. Wortlos drehte sich Franka um und lief davon.

„Hört her, es gibt da etwas …“, setzte Dominik erneut an.

„Hallo, hier sind wir!“ Ein paar Klassenkameraden hatten die Bande erspäht und winkten mit beiden Armen. Enttäuscht ließ Dominik die Schultern sinken. Er würde sich gedulden müssen. Dabei machte ihn der Maskenspuk mit jeder Minute, die er ihn länger für sich behalten musste, unruhiger.

DAS MASKENUNGEHEUER

Gleich drei Klassen aus der Schule, die alle vier Mitglieder der Knickerbocker-Bande besuchten, waren mit ihren Lehrern nach Venedig gereist. Eine Woche lang sollten sie gemeinsam die Lagunenstadt erforschen, um später im Unterricht darüber zu sprechen.

Loconda Minerva hieß übersetzt „Landhaus Minerva". Minerva war der Name der Göttin der Kunstfertigkeit, was ein schmuckes Haus mit weiß verputzten Wänden, dunklen Holzbalken und spiegelnden Fliesenböden hätte vermuten lassen. In Wirklichkeit aber sah die Jugendherberge anders aus.

Vor ziemlich langer Zeit war sie ein Hotel gewesen. Axel hatte beim Betreten des Zimmers gescherzt, dass hier nur Gartenzwerge, Puppen und Kuscheltiere gewohnt haben konnten. Die Kammer, die er mit Dominik teilte, bot gerade genug Platz für ein Stockbett mit zwei sehr schmalen Matratzen. Statt eines Fensters hatte das Zimmer eine Luke, die kaum größer als ein Briefschlitz war.

Im Zimmer der Mädchen gab es immerhin einen wackeligen Hocker und ein Waschbecken. Dafür aber ließ sich das Wasser nicht abdrehen und plätscherte die ganze Nacht in das zersprungene Porzellanbecken, aus dem es gurgelnd abrann.

Herr Fuchs, der Schuldirektor, der die Venedigwoche leitete, zeigte den Schülern über dem Portal des Markusdomes einen vergoldeten geflügelten Löwen in einem Bogen aus blauem Stein mit Sternen. „In dieser Kirche liegen die Gebeine des Heiligen Markus, dessen Symbol der Löwe war. Der geflügelte Löwe wurde zum Wappentier Venedigs, als Venedig noch eine eigene Republik war."

Handys wurden gezückt und Selfies mit den Sehenswürdigkeiten geschossen. Nur ein paar Schritte weiter wartete schon die nächste Attraktion, der

Dogenpalast. Hier hatten die Oberhäupter der früheren Republik ihren Sitz.

„Bewundert bitte die Art, wie der Palast gebaut wurde!“ Der Schuldirektor geriet ins Schwärmen und gestikulierte aufgeregt. „Getragen wird das große Gewicht des oberen Stockwerks von scheinbar dünnen Säulen, die das Erdgeschoss bilden.“ Der Direktor winkte den Schülern, ihm zu folgen, führte sie an der langen Front des Dogenpalastes vorbei, bog um eine Ecke und ging eine lang geschwungene Bogenbrücke hinauf. Von dort konnten sie in einen breiten Kanal blicken, der die Rückseite des Palastes begrenzte. Eine aus Kalkstein erbaute, weiß schimmernde, gedeckte Brücke verband ihn mit dem Gebäude gegenüber, das aus massiven Steinquadern erbaut war.

„Im Dogenpalast befand sich auch das Gericht, und die Verurteilten wurden von dort über diese Brücke in die Kerker oder zur Hinrichtung geführt. Durch eines der beiden Fenster des Brückenhauses konnten die Gefangenen einen letzten Blick in die Freiheit werfen, bevor sie in dunklen Zellen eingesperrt wurden. Weil den meisten von ihnen dabei ein trauriger Seufzer entschlüpfte, trägt die Brücke den Namen ‚Seufzerbrücke'."

Die Tour führte die Schüler weiter durch ein Labyrinth von Gassen und über kleine Plätze. Auf einem stand ein verwittertes Denkmal, auf dessen Kopf sich drei Tauben drängten.

„Dem Armen haben sie auf den Kopf geschissen", kicherte Axel.

Das Denkmal zeigte eine sitzende Figur, die eine kleine Truhe auf dem Schoß hielt. Die Hände hatte sie schützend daraufgelegt.

„Wer ist das?", wollte Lilo von Herrn Fuchs wissen.

Dieser las die Tafel, die auf dem Sockel des Denkmals angebracht worden war, und erklärte: „Es handelt sich um einen venezianischen Dichter. Er muss einmal sehr berühmt und beliebt gewesen sein. Ich werde mir ein Buch mit seinen Gedichten besorgen. Jetzt aber weiter zur Rialtobrücke."

Auf der Rialtobrücke, die sich in einem eleganten Bogen über das Wasser spannte, waren zwei ebenfalls geschwungene Ladenzeilen erbaut. Enge Geschäfte drängten sich aneinander. Herr Fuchs führte die Schüler durch die Gassen und über die Brücken.

„In Venedig soll es 443 Brücken geben", rief er und fügte hinzu: „Ich habe sie nicht nachgezählt, aber es wird schon stimmen."

Als sie endlich die Herberge erreichten, seufzte Lilo: „Ich glaube, wir sind heute über alle 443 Brücken gegangen. Meine Füße tun mir jedenfalls entsprechend weh."

Dominiks Gedanken waren die ganze Zeit bei der Spukgestalt gewesen, die ihm begegnet war. Der Anblick der weißen Fratze hatte sich in sein Gehirn eingebrannt.

„Wir sind an 13 Läden vorbeigekommen, die Masken anbieten", sagte er zu seinen Knickerbocker-Freunden. „In den Schaufenstern waren zwischen zweiundzwanzig und achtundvierzig Masken ausgestellt. Ich habe sieben Grundtypen erkannt, sieben Gesichter, die immer wieder auftreten."

Axel seufzte, als hätte ihm jemand einen Zementsack auf die Schultern gelegt. „Musst du alles zählen?"

„Ja!", antwortete Dominik. „Ich kann nicht anders. Zurzeit jedenfalls. Übrigens schätze ich, dass fünfzig Prozent der Masken das ganze Gesicht bedecken, die übrigen fünfzig Prozent nur Augen und Nase."

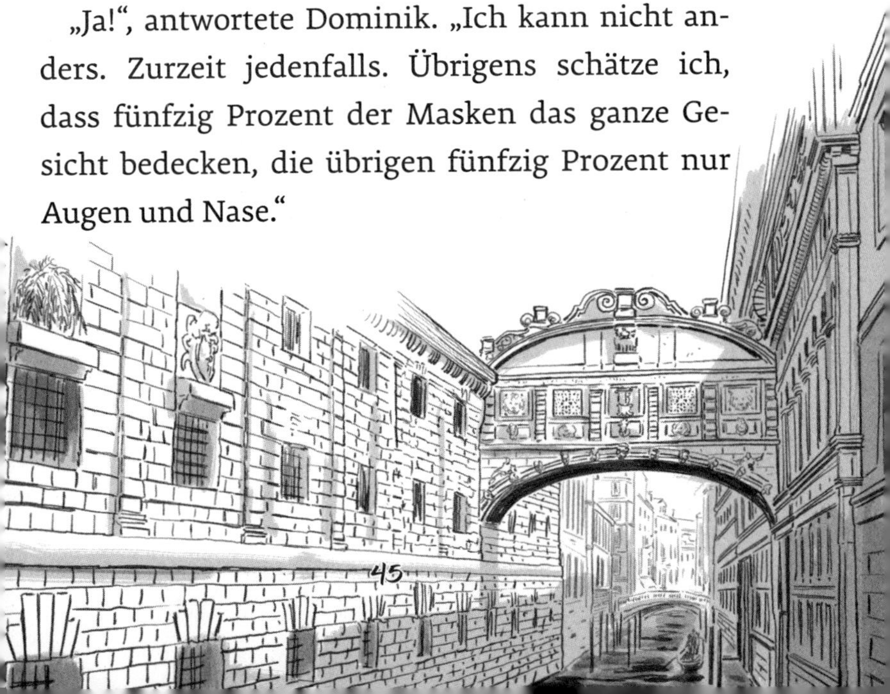

„Der Karneval in Venedig ist heute wieder ein Spektakel ohnegleichen“, rief der Schuldirektor über die Köpfe der Schüler. „Zur Karnevalszeit kommen tausende Menschen in die Stadt, um hier in prachtvollen Verkleidungen und mit kunstvollen Masken eine Stimmung zu erzeugen, wie sie früher einmal in Venedig zu dieser Zeit geherrscht haben musste. Damals wurden in den noblen Palazzi Bälle mit hundert und mehr Gästen veranstaltet.“

Dominik hatte die Masken eingehend betrachtet, aber keine einzige entdecken können, die auch nur annähernd so wuchtig und gleichzeitig so scheußlich gewesen wäre wie die Maske des Wesens aus dem Kanal. Die meisten hatten den gleichen etwas stumpfen, toten Ausdruck.

Kaum waren sie in die Jugendherberge zurückgekehrt, führte Dominik seine Freunde in eine Ecke.

„Ich muss euch was erzählen“, sagte er und sah sich dabei um, ob vielleicht jemand mithörte. „Aber nicht hier.“

Axel wackelte mit den Augenbrauen. „Es geht um Franka. Du hast dich verknallt, was?“

Hätte Dominiks Blick töten können, wäre Axel auf der Stelle tot umgefallen. Entschuldigend hob dieser schnell die Arme. „Ganz ruhig, ganz ruhig. Wir leihen dir alle unser Ohr.“

Da das Mädchenzimmer ein klein wenig größer war als das der Jungen, wurde es als Treffpunkt gewählt. Die Mädchen hockten auf dem unteren Bett, Axel fläzte auf dem Hocker und Dominik stand neben dem Waschbecken mit dem tropfenden Wasserhahn.

„Es klingt absolut verrückt“, begann er. „Und trotzdem ist es wahr.“

„Spuck’s endlich aus, ich schlaf sonst ein!“ Axel gähnte demonstrativ.

„Eine Horrormaske ist aus dem Wasser des Kanals gestiegen, dort, wo Franka bei diesem Conte wohnt!" Dominik hatte sich entschlossen, nicht mehr lange herumzureden, sondern einen Knaller loszulassen. Sein Plan ging auf. Axel richtete sich auf, Lilo musterte ihn prüfend, Poppi saß mit offenem Mund da. Nach ein paar Schrecksekunden fragten alle drei gleichzeitig: „Wie war das?"

Da er sich nun ihrer Aufmerksamkeit sicher sein konnte, schilderte Dominik ausführlich sein Erlebnis.

„Dieses Wesen ist gegangen, als gäbe es unter der Wasseroberfläche eine Treppe“, wiederholte Lilo nachdenklich.

Poppi war ein anderes Detail aus Dominiks Bericht aufgefallen. „Der Fensterladen wurde aufgestoßen, als hätte jemand das Ungeheuer erwartet.“

Als Tierfreundin, die daheim einen Mini-Zoo betreute, fiel ihr eine Erklärung dazu ein: „Vielleicht hat das Wesen sein Futter abgeholt. Ob es mit etwas Schrecklichem gefüttert werden muss?“

„Klar, mit Mädchen wie dir!“, spottete Axel.

Die sonst so sanfte Poppi drohte ihm mit der Faust. Lilo packte sie schnell am Handgelenk und meinte beruhigend: „Lass ihn, Poppi. Er hat Hunger. Das lähmt das Gehirn.“ Sie tat, als wäre ihr gerade ein Licht aufgegangen. „Axel muss demnach immer Hunger haben.“

Dominik und Poppi brachen in lautes Gelächter aus und sogar Axel zog einen Mundwinkel hoch.

EIN UNGEBETENER GAST

Das Abendessen fand in einem langen Saal statt, der fast das ganze Erdgeschoss der Jugendherberge einnahm. Die Schüler saßen auf harten Holzbänken unter grauen Rippengewölben und ihre Stimmen hallten von den kahlen Wänden wider. Dazu mischte sich das Klappern und Klirren des Bestecks und der Teller.

Direktor Fuchs erklomm einen Hocker und klatschte in die Hände, um sich Gehör zu verschaffen. Keiner bemerkte ihn, das Geplauder und der Essenslärm gingen unverändert weiter.

„Herhören, alle herhören!“ Mit einem Klatschen versuchte der Direktor, auf sich aufmerksam zu machen. Noch immer aber nahm ihn niemand wahr. Lilo lieh sich zwei der riesigen Topfdeckel aus der Küche, stellte sich neben den Direktor und schlug sie schwungvoll aneinander.

Das dröhnende Scheppern schreckte die meisten auf und veranlasste sie, in Richtung des Schuldirektors zu blicken. Langsam verebbte das Gemurmel.

„Danke, Lilo!", sagte Herr Fuchs mit einem anerkennenden Nicken, dann wandte er sich an die Schüler. „Nach dem Essen tragt ihr in die Hefte, die wir bei der Abreise verteilt haben, ein, was ihr heute alles gesehen und gehört habt. Am Ende unserer Venedig-Woche möchte ich die Hefte sehen, um die schönsten und interessantesten zu prämieren."

„Gibt es eine Woche schulfrei als Preis?", rief ein Scherzbold.

Der Direktor lächelte milde. „Danke für den Vorschlag. Diesen Preis kann ich nicht aussetzen. Aber es wird eine andere, sicher sehr attraktive Belohnung geben." Mit diesen Worten stieg Herr Fuchs vom Hocker, blieb dabei aber mit dem Schuh im Griffloch der Sitzfläche hängen und wäre gestürzt, hätte Lilo ihn nicht aufgefangen.

„Noch einmal danke, Lieselotte." Zitternd richtete er sich auf.

„Geht's wieder?", erkundigte sich Lilo mitfühlend. Sie nahm ein Glas von der Theke und füllte es mit Wasser. Herr Fuchs leerte es dankbar in einem Zug.

„So schnell werdet ihr euren alten Direktor nicht los." Er fuhr sich mit den Fingern durch das gewellte graue Haar und zupfte die Krawatte zurecht, die er wahrscheinlich auch beim Schwimmen trug.

Lilo witterte eine günstige Gelegenheit. „Herr Direktor, meine Freunde und ich, wir haben heute Nachmittag einen sehr interessanten Winkel von Venedig entdeckt. Können wir noch einmal hin? Ich möchte mehr über den Kanal, die Brücke und den Palazzo dort herausfinden."

„Jaja, unsere kleinen Detektive!" Herr Fuchs sprach mit Lilo wie mit einem kleinen Mädchen.

Nur weil Lilo unbedingt die Erlaubnis zu diesem späten Ausflug wollte, ließ sie es sich gefallen.

„Meinetwegen. Aber nur eine Stunde. Keine Minute länger. Ich werde in der Halle auf euch warten."

„Sie können sich auf uns verlassen!" Lilo wollte los, um den anderen die gute Neuigkeit zu überbringen, da bemerkte sie aus den Augenwinkeln einen harten Blick.

Sie wandte sich um und sah ihre Klassenkameradin Iris, die sie mit zusammengekniffenen Augen musterte.

Sobald Herr Fuchs außer Hörweite war, äffte sie ihn leise nach: „Jaja, unsere kleinen Detektive!" Voller Verachtung fügte sie hinzu: „Bestimmt habt ihr wieder einen ‚Fall'. Wie kann man nur so angeben!"

„Hast du ein Problem?", fragte Lilo ihre Klassenkameradin herausfordernd.

Von Iris kam nur:

„Klar, du hättest auch gerne so tolle Freunde wie ich", sagte Lilo achselzuckend. „Kann ich gut verstehen."

Iris neigte den Kopf zurück und zeigte Lilo die Nasenlöcher.

„Dir auch noch einen schönen Abend!" Es kostete Lilo einige Anstrengung, so ruhig und freundlich zu bleiben. Sie hätte Iris' Gemeinheiten gerne erwidert, wollte aber keinen Streit mit ihr.

Um keine Sekunde zu vergeuden, liefen die vier Knickerbocker nach oben, um ihre Jacken und Handys zu holen. Poppi hatte einen Teil ihrer Kleidung am Fußende des unteren Bettes aufgelegt und kramte in den verschiedenen Stücken nach ihrer Lieblingskapuzenjacke.

Durch die schmale Luke fiel nur sehr wenig des dämmrigen grauen Lichtes. Bei der Suche nach der Jacke ertastete Poppi ein Paar Schuhe. Erschrocken riss sie die Hände zurück.

Draußen auf dem Gang wartete Lilo schon ungeduldig.

„Komm endlich!", drängte sie.

„Da liegt jemand!", hauchte Poppi. Rückwärts gehend bewegte sie sich auf die Tür zu.

„Was?" Lilo verstand nicht, was Poppi meinte. Stumm deutete diese auf einen Sportschuh, der einmal weiß gewesen war, jetzt aber braune Flecken hatte und unter der Decke hervorlugte. Schnell knipste Lilo das Licht an. Ein Blick genügte, um zu wissen, wer es sich da in Poppis Bett bequem gemacht hatte. Rasch zog Poppi ihre Freundin in das Zimmer und schloss die Tür.

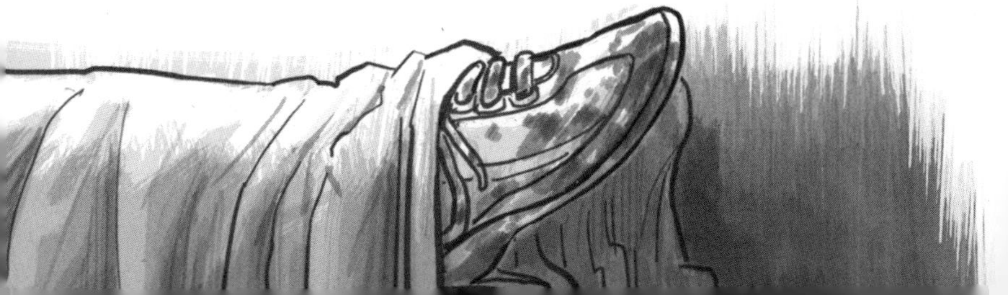

„Bitte, was soll das?“, rief sie mit gesenkter Stimme in Richtung Kopfkissen. Erst jetzt sah Poppi dort ein Büschel rotblonder Haare, die ihre Besitzerin verrieten.

Mit einem lauten Gähnen tauchte Frankas freches Gesicht auf. Sie hatte den Mund weit aufgerissen, richtete sich ächzend auf und streckte sich. Samt Kleid und Schuhen hatte sie sich in das Bett gelegt, während Lilo und Poppi beim Abendessen gesessen hatten.

„Wird eng für euch beide oben, was?“

„Du kannst hier nicht bleiben. Wenn dich einer der Lehrer entdeckt, bekommen wir Ärger, und darauf können wir verzichten.“ Lilo verschränkte die Arme vor der Brust, um zu zeigen, wie unerwünscht Franka hier war.

„So eine gute Freundin wie dich habe ich mir immer gewünscht", spottete das Mädchen. „Hilfsbereit, hält immer zu mir, geht für mich durch dick und dünn, einfach großartig eben."

„Aber Lilo hat recht", kam Poppi zu Hilfe. „Außerdem suchen dich deine Eltern bestimmt schon."

„Die und mich suchen?", schnaubte Franka. „Sie sind froh, wenn sie mich nicht sehen und hören."

Von draußen wurde an die Tür des Mädchenzimmers geklopft. Von der Stunde, die Direktor Fuchs gewährt hatte, waren nur noch fünfzig Minuten übrig. Für lange Diskussionen mit Franka blieb keine Zeit. Trotzdem wollte Lilo sie unter keinen Umständen einfach so in ihrem Zimmer lassen.

Da das Mädchen aber keine Anstalten machte, sich zu erheben, entschied Lilo, dass Poppi bei ihr bleiben sollte.

„Als Aufpasserin, was?" Nachdem die drei Knickerbocker gegangen waren, zog Franka die Knie zum Kinn und lehnte sich, auf dem Kopfkissen sitzend, an die Wand. Unsicher, was sie tun sollte, stand Poppi weiter bei der Tür.

„Ich mag Lilo sehr. Sie ist die beste Freundin, die man sich wünschen kann", verteidigte sie das Superhirn der Knickerbocker-Bande.

Wieder gähnte Franka herzhaft. „Sicher. Bestimmt malt ihr euch gegenseitig Herzchen in die Schulhefte."

Poppi holte tief Luft. „Nein, wir haben schon einige Kriminalfälle gelöst."

„Ach was, Kriminalfälle!"

„Wie viele Freunde oder Freundinnen hast du denn so?", fragte Poppi beleidigt.

„Finde du mal Freunde, wenn du ständig umziehst", antwortete Franka. „Seit ich geboren worden bin, haben wir in zwölf Ländern auf vier Kontinenten gewohnt."

Poppi erinnerte sich daran, dass Dominik erwähnt hatte, Franka würde mehrere Sprachen

sprechen. Das schien die Erklärung dafür zu sein.

„Was sind deine Eltern von Beruf?“, forschte sie weiter.

„Mein Erzeuger ist ein hohes Tier in einer Computerfirma. Meine Erzeugerin himmelt ihn an und ist immer an seiner Seite. Ich bin den beiden völlig egal, das kannst du mir glauben.“

Nein, so ganz wollte Poppi das nicht glauben. Vielleicht machte es Franka ihren Eltern auch nicht einfach, sie zu mögen.

„Jedenfalls haben die beiden beschlossen, mich eine Weile lang bei meiner Großmutter zwischenzulagern. Ich darf sie aber nur Donatella nennen, nicht Großmutter, weil sie sich sonst viel zu alt vorkommt.“

„Und der Conte ist dein Großvater“, kombinierte Poppi.

„UR-Großvater“, korrigierte Franka. „Ein alter Nussknacker. Sei hart und stark – das ist sein Motto. Seinen Schwiegersohn, also meinen Großvater, hat er fertig gemacht. Ich glaube mein Erzeuger hat nur deshalb diesen doofen Job, bei dem er ständig in eine andere Stadt versetzt wird, um möglichst weit vom Conte entfernt zu sein.“

Poppi kramte aus ihrer Tasche eine Packung Kekse und bot Franka davon an. Hungrig nahm diese gleich mehrere und bröselte ungeniert das Bett voll. Nachdem sie sich auf den Hocker gesetzt hatte, fragte Poppi: „Ist er so streng, der Conte? Wieso magst du ihn nicht?“

„Streng?“ Franka mampfte laut. „Der ist lebendig gewordener Stein. Alles dreht sich nur um den guten Namen der Familie, um den Stammbaum, um das Ansehen. Zwei seiner Vorfahren waren Dogen, also die höchsten Männer von Venedig.

Das ist hunderte Jahre her, und der Conte tut so, als wäre es gestern gewesen."

Poppi empfand Mitleid mit Franka. Sie fühlte sich wohl nirgendwo daheim. „Wer sind denn eure Nachbarn?", fragte sie das Mädchen. „Wer wohnt zum Beispiel gegenüber der Gartenmauer, über die du geklettert bist?"

„Ach, die Rosso. Das ist eine verrückte Alte. Sieht aus wie eine lebendige Porzellanpuppe mit rosa Kleidchen, weiß gepudertem Gesicht und Kussmündchen." Franka spitzte die Lippen und klimperte mit den Augen. „Sie muss an die hundert Jahre alt sein, tut aber, als wäre sie zwanzig."

Poppi prägte sich alles ein.

Hellhörig geworden fragte Franka: „Wieso interessiert dich die alte Rosso?"

„Weil sie doch eine Nachbarin ist." Schnell hielt Poppi ihr die Packung mit dem letzten Keks hin. Frankas Hunger war größer als ihr Misstrauen, und sie griff gierig zu.

NOCH MEHR MASKENSPUK

Im schwarzen Wasser des Kanals spiegelte sich der Schein einer Straßenlaterne. Ein Windstoß kräuselte dessen Oberfläche und ließ das Licht wie eine Handvoll Sternenstaub tanzen.

Am höchsten Punkt der Bogenbrücke standen Lilo, Axel und Dominik und blickten hinunter zu der Stelle, an der am Nachmittag das Maskenwesen aufgetaucht war.

„Ob es da eine Treppe gibt, wissen wir, wenn einer von uns ins Wasser steigt“, meinte Axel. Lilo machte eine einladende Handbewegung zum Kanal, aber Axel wehrte kopfschüttelnd ab. „Kein Bedarf, danke.“

Schritte hallten durch die enge Gasse, die zur Brücke führte. Sie näherten sich bedächtig. Axel drehte den Kopf, um zu sehen, wer der Fußgänger war. Das Gässchen war nur spärlich beleuchtet, und erst als der abendliche Spaziergänger in das trübe Licht einer der Laternen trat, konnte er mehr erkennen.

Es war ein Mann, da war Axel sicher. Die breite, gewellte Krempe eines braunen

Hutes verdeckte den Großteil seines Gesichtes. Langes, gekraustes Haar hing ihm bis auf die Schultern. Zu einem ausgebeulten grünen Samtsakko trug der Mann eine Hose mit breiten grauen und schwarzen Streifen. Mit der Linken stützte er sich auf einen Stock.

Während Axel den Mann musterte, spürte er, dass dieser die Hutkrempe gerade so hoch hob, dass ihn die Augen darunter sehen konnten. Mit einem gezischten „Ssst, schaut mal“ machte er Dominik und Lilo auf den Mann aufmerksam.

Lilo gab den anderen ein Zeichen, von der Brücke zu verschwinden. Sie bogen in eine Straße, in der auch der Palazzo des Conte lag.

Das Superhirn wagte sich als Erste an die Hauskante, presste sich dagegen und spähte zurück zur Brücke.

Der Unbekannte mit dem Hut stand dort, wo sie vorhin gestanden und in den Kanal geblickt hatten. Er hatte den Kopf gehoben, um besser in die Ferne sehen zu können. Die Hutkrempe aber warf einen breiten Schatten auf sein Gesicht. So viel konnte Lilo feststellen: Er trug keine Maske. An seiner Haltung war abzulesen, dass er auf etwas wartete.

Axel huschte an der glatten Mauer des Palazzo entlang, dann an zwei weiteren Häusern vorbei, bis er zur nächsten Quergasse gelangte. Sie führte ebenfalls zu einer Brücke. Es schien fast, als würde der Mann diese zweite Brücke beobachten.

Ein leiser, rufender Pfiff schallte zu Lilo und Dominik. Hektisch bedeutete Axel ihnen mit der Hand,

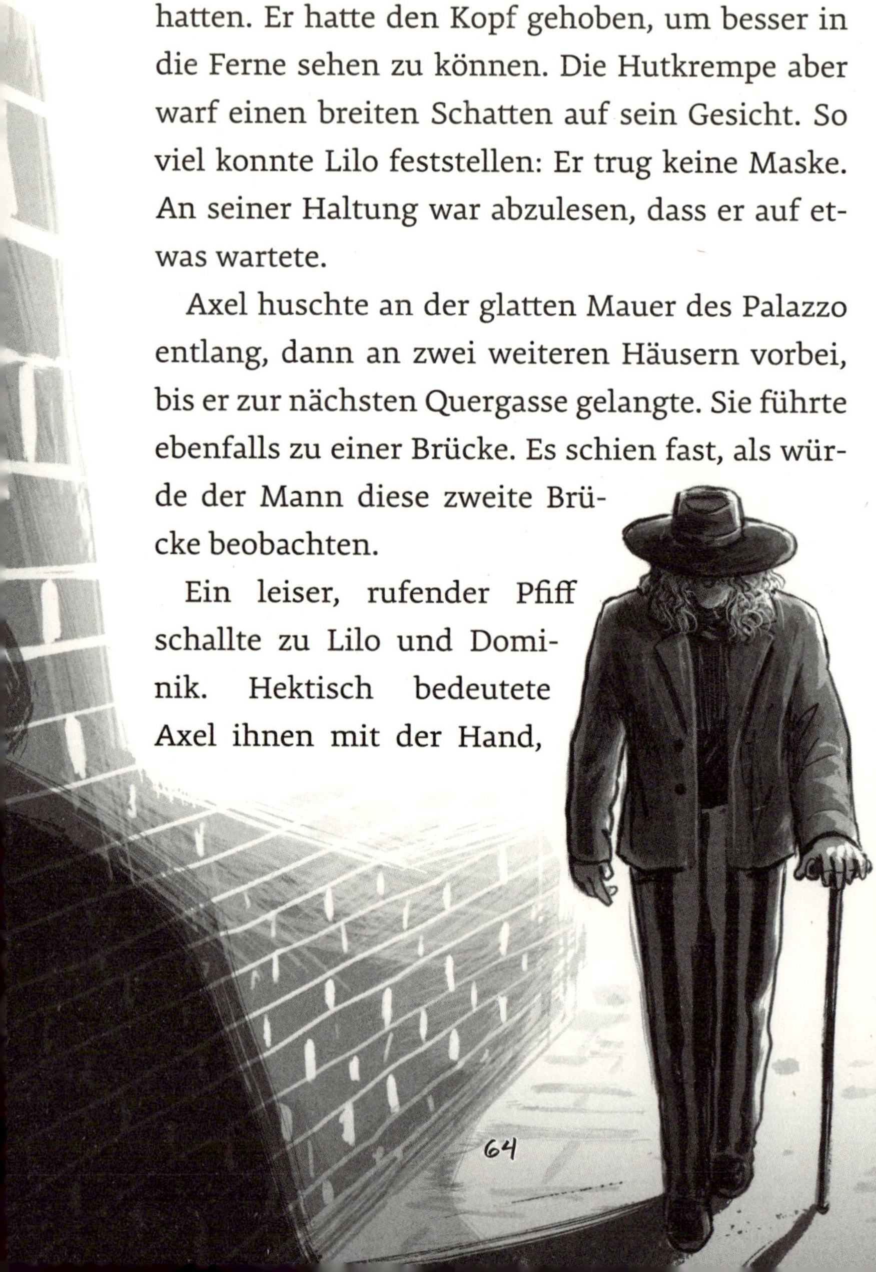

sie sollten schnell kommen. Nun hatten sie Sicht auf eine schmucklose Brücke mit zwei Backsteinmauern, die Fußgänger vor einem Sturz in den Kanal bewahrten.

Dominik zog mit einem Ruck den Kopf zurück, Axel sog heftig die Luft durch die Nase und Lilo zwang sich, keinen Ton von sich zu geben. Alle drei waren über die Fratze erschrocken, die vor ihnen auf der Brücke aufgetaucht war und einen hässlichen Kontrast zum Ziegelrot der Backsteinmauern bildete. Der Träger war in einen bodenlangen dunklen Mantel gehüllt und hatte eine breite Kapuze vorgezogen, die sein Haar verdeckte.

Die Fratze, die ihnen entgegenglotzte, war an Scheußlichkeit kaum zu überbieten. Geformt wie ein Knochenschädel mit tiefen dunkelgrauen Augenhöhlen, bewegte sie sich langsam, fast schwebend, über die Brücke.

Das Hässlichste an der Maske waren die Nasen. Es waren drei, die über einen zum Schrei verzerrten Mund ragten. Eine war krumm nach unten gebogen, die zweite verdreht wie eine Spirale und die dritte eine zerklüftete blutunterlaufene und mit dunklen Warzen besetzte Knolle.

Auf dem höchsten Punkt der Brücke angekommen, verharrte die Gestalt. Langsam drehte sie sich, bis das Maskengesicht dem Mann mit Hut zugewandt war. Kein einziger Laut war zu hören.

Axel zog sich zurück und lief mit großen Schritten zum anderen Ende des Häuserblocks, von wo aus er den Mann mit dem Schlapphut sehen konnte. Dieser hatte sich keinen Zentimeter bewegt. Axel beobachtete ein leichtes Nicken, bevor sich der Mann abwandte und in die gleiche Richtung davonschritt, aus der er gekommen war.

Das bedeutete, er würde nicht an der Gasse vorbeikommen, in der die Knickerbocker sich versteckten. Axel hielt Ausschau nach seinen Freunden, die bereits auf dem Weg zu ihm waren. Geduckt standen sie unter einem Fenster des Palazzo und Lilo berichtete, was sich noch getan hatte: „Die Gestalt ist in das Haus gegangen, das am Fuße der Brücke liegt. Wer auch immer das ist, er muss dort wohnen, weil er einen Schlüssel für die Haustür hatte."

Vom Turm einer der vielen Kirchen, die es in Venedig gab, tönten dumpfe Schläge einer Glocke. Dominik zählte mit, wie er es immer tat. Er verglich die Zeit, die die Turmuhr schlug, mit der Anzeige seiner Armbanduhr. „Entweder geht diese Uhr falsch oder meine. Wir müssen auf jeden Fall zurück."

Lilo und Axel nickten, schlugen aber den Weg zur zweiten Brücke ein, liefen bis zu der Stelle, an der das Maskenphantom gestanden hatte, und von dort zu der Haustür, durch die es verschwunden war. Der Anstrich des Holzes war verwittert und an vielen Stellen abgeblättert. Eine Klinke gab es nicht, nur ein sehr großes Schlüsselloch. Es war auch kein Namensschild zu sehen. Als Klingel diente ein Glockenzug aus Metall, der aus der Mauer ragte.

Am nächsten Tag wollten sie wieder herkommen und mehr über den Bewohner des Hauses in Erfahrung bringen. Lilo kam der Gedanke, dass Frankas Auftauchen in der Jugendherberge recht hilfreich sein könnte.

Zwei geheimnisvolle Wesen, Phantome, Gestalten, alle mit entsetzlichen Masken und jedes Mal von jemandem beobachtet – was hatte das zu bedeuten?

RACHE IST ZITRONENLIMONADE

„Zehn Minuten zu spät!“, tönte es Axel, Lilo und Dominik entgegen, als sie in die Halle der Loconda stürmten. Sie wurden nicht vom Schuldirektor erwartet, sondern von Iris, die vorwurfsvoll mit dem Finger auf ihre Armbanduhr klopfte.

„Reg dich ab, Essigtrinkerin!“, knurrte Axel und ging an ihr vorbei.

„Ich melde es Herrn Fuchs!“, drohte sie.

„Wir kommen am besten gleich mit!“, bot Lilo an. „Unsere kleine Entdeckungstour war sehr erfolgreich. Wir haben Sachen über Venedig erfahren, die ihn bestimmt interessieren.“

Zornig biss Iris die Zähne zusammen.

Herausfordernd sah Lilo sie an: „Was ist, gehen wir jetzt zu Herrn Fuchs, oder hast du es dir anders überlegt?“

Nachdem sie Lilo noch einen bitterbösen Blick zugeschleudert hatte, der nichts Gutes verhieß, drehte sie sich energisch weg und stapfte davon. Die drei Knickerbocker-Freunde grinsten einander gratulierend an. Immer zwei Stufen auf einmal nehmend stürmten sie in den zweiten Stock zu Poppi.

Als Axel die Tür des Mädchenzimmers aufstieß, fuhr Poppi vom Hocker hoch. Schützend stellte sie sich vor das untere Stockbett, um die schlafende Franka zu verbergen. Erleichtert atmete sie auf, als sie Axel vor sich sah.

„Und?“, fragte sie sehr leise und sehr neugierig.

„Hinüber in unser Zimmer“, flüsterte Axel zurück.

Wie Ölsardinen in der Dose fühlten sich die vier Knickerbocker im Jungenzimmer. Dominik und Poppi hockten auf dem oberen Bett, Lilo und Axel standen davor, den Rücken an die Mauer gepresst. Poppi hörte gespannt zu, was die anderen zu berichten hatten.

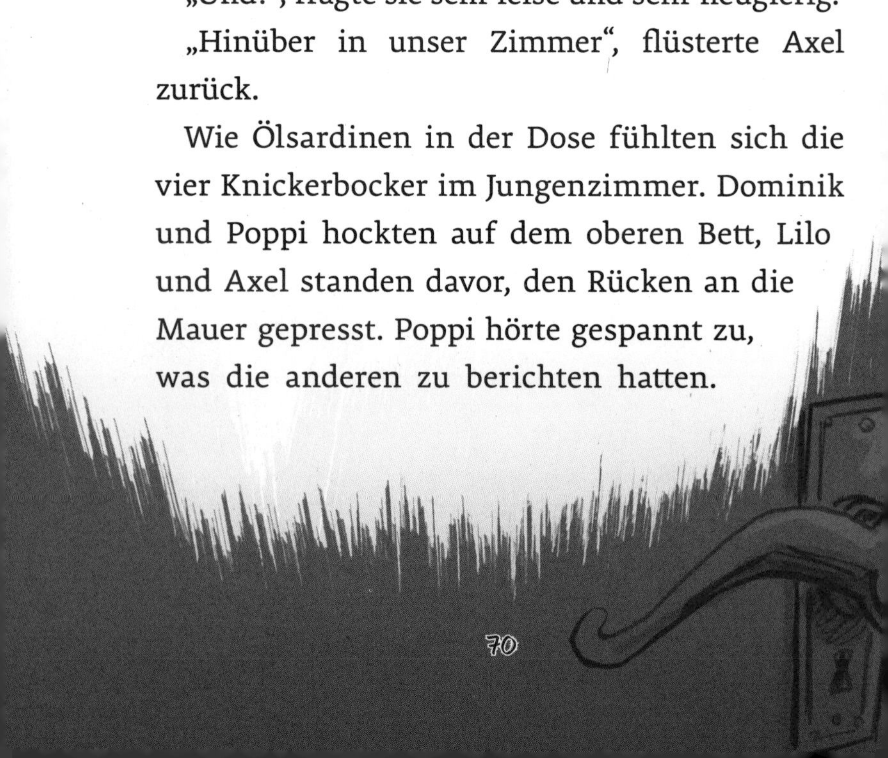

Danach erzählte sie von Frankas Familie und der Nachbarin in den rosafarbenen Kleidern.

„Was tun wir mit ihr?", wollte Dominik von Lilo wissen.

„Mit der Nachbarin? Die besuchen wir morgen." Sie setzte ein argloses Gesicht auf und flötete mit gespielter Ahnungslosigkeit: „Wir sind mit unserer Schulklasse hier und sollen mit Bewohnern von Venedig sprechen. Bitte, dürfen wir Ihnen ein paar Fragen stellen? Wenn Sie es nicht erlauben, wird uns unser Lehrer verhauen."

„Nicht übel“, bemerkte Dominik trocken. „Ein bisschen übertrieben vielleicht, aber du hast Talent zur Schauspielerin.“ Aus seinem Mund war das ein großes Kompliment. „Gemeint habe ich aber Franka. Wir können sie doch nicht aus der Herberge tragen und auf die Straße legen.“

Lilo gab ihm recht. Es blieb ihnen nichts anderes übrig, als sie hier übernachten zu lassen. Dominik, der keinem fremden Bett traute, hatte eine dünne, aber sehr bequeme Luftmatratze im Gepäck, die mit einer Pressluftpatrone in Sekunden-

schnelle aufgepumpt werden konnte. Auf dieser Matratze würde Lilo schlafen.

Die Nacht wurde wie die vorangegangene: heiß, stickig und unangenehm. Durch die schmale Luke kam kaum frische Luft. Poppi und Lilo wälzten sich unruhig herum, nur Franka schien die Hitze nichts auszumachen.

Am Morgen wurden Lilo und Poppi von einem heftigen Räuspern geweckt. Poppi hatte Mühe, die Augen zu öffnen. Erst nachdem sie kräftig über ihr Gesicht gerieben und sich durchgestreckt hatte, spürte sie langsam wieder ihre Lebensgeister zurückkehren.

Das Räuspern wurde lauter und energischer.

„Hallo? Wer ist da?", kam es müde von unten, wo Lilo noch ganz benommen versuchte, sich auf den Ellbogen zu stützen und zu sehen, wer im Zimmer stand.

Franka war die Einzige, die ausgeruht schien. Laut gähnend schlug sie die Bettdecke zurück und schwang die Beine über die Kante.

„Guten Morgen!“, grüßte Herr Fuchs. Der Unterton verhieß nichts Gutes. Poppi und Lilo schnellten in die Höhe, aber es war längst zu spät.

Der Schuldirektor hatte das fremde Mädchen schon entdeckt und musterte es prüfend. Hinter ihm tauchte im Türrahmen Iris' Gesicht auf. Der Triumph strahlte aus ihren Augen. Ein kleiner Blick in der Nacht hatte genügt, um herauszufinden, wie die Knickerbocker-Bande ihren guten Ruf beim Schuldirektor schnell wieder einbüßen

konnte. Iris hatte zeitig am Morgen dafür gesorgt, dass Herr Fuchs auf das Mädchen aufmerksam wurde, das Lilo und Poppi bei sich untergebracht hatten.

Lilos Mutter hatte für solche Fälle einen treffenden Satz: Wenn dir das Leben eine Zitrone gibt, dann mach daraus Limonade.

Durch Iris' Petzerei hatte die Knickerbocker-Bande eine ziemlich saure Zitrone bekommen. Herr Fuchs würde viele Erklärungen verlangen, und bestimmt gab es auch eine Strafarbeit, zumindest für Lilo und Poppi. Trotzdem witterte Lilo die Möglichkeit, aus der Zitrone eine ganz köstliche Limonade zuzubereiten. Franka musste allerdings mitspielen.

Der Direktor wartete vor dem Zimmer der Mädchen, bis sie sich angezogen hatten, und nahm sie persönlich mit in den Speisesaal, wo das Gespräch stattfinden sollte. Während sie in Jeans und T-Shirt schlüpften, erklärte Lilo Franka leise den Plan.

Im Speisesaal deutete der Direktor den Mädchen, auf der anderen Seite eines der langen Tische Platz zu nehmen, und setzte sich ihnen gegenüber.

Es folgte ein kurzer Vortrag darüber, wie enttäuscht er von den Knickerbocker-Mädchen sei und wie ihnen denn einfallen konnte, Franka in die Herberge zu bringen und bei sich schlafen zu lassen. Danach wandte er sich Franka zu und begann sie auszufragen.

Als Herr Fuchs endlich fertig war, spielte sie das zerknirschte Mädchen und erklärte ihm: „Die beiden sind völlig unschuldig. Sie wollten nicht, dass ich bleibe. Aber ich habe mich einfach nicht aus ihrem Zimmer bewegt. Es war so dumm, von daheim wegzulaufen, und ich gehe auf der Stelle nach Hause. Das verspreche ich Ihnen, großes Ehrenwort." Sie hob feierlich die linke Hand und legte die rechte auf das Herz. „Aber, bitte, dürfen meine neuen Freunde mitkommen? Wenn sie dabei sind, dann schlägt mich mein Urgroßvater bestimmt nicht. Er kann sonst sehr grausam sein. Wenn Touristen in der Nähe sind, spielt er immer den feinen Grafen, weil er doch zwei Hotels besitzt und keinen Skandal möchte. Bitte, erlauben Sie es, Herr Professor."

Der Professor war etwas dick aufgetragen, Frankas Flehen aber hatte Erfolg. Herr Fuchs war einverstanden und trug der Bande sogar auf, bei Frankas Eltern ein gutes Wort einzulegen. Sollten sie auf Probleme stoßen, so würde er persönlich vorstellig werden. Das Schauspiel der Freunde war ein Erfolg, Franka presste sogar eine Träne der Erleichterung heraus, die langsam über ihre Wange rollte.

Für Lilo war der Beweis damit erbracht: Die Zitrone war zur feinsten Limonade geworden. Den ganzen Vormittag hatte ihnen Herr Fuchs frei gegeben. Sobald sie von Frankas Zuhause aufbrachen, sollten ihn die vier Knickerbocker auf seinem Handy anrufen und einen Treffpunkt vereinbaren.

Mit den anderen Schülern plante er einen Rundgang durch Kirchen und Museen, der sich nicht besonders spannend anhörte.

Beim Verlassen der Jugendherberge drehte sich Axel lässig zu Iris um, die auf der Treppe stand und ihnen wütend nachstarrte. „Wunderschönen Vormittag“, wünschte er mit einem Grinsen, das von einem Ohr zum anderen reichte.

ERPRESSUNG AUS DER VERGANGENHEIT

Die blütenweiß gestrichene Eingangstür des Palazzo Mamole war von zwei Säulen flankiert, die ein steinernes Vordach trugen. Franka musste nicht einmal klingeln, weil ihr die Tür geöffnet wurde.

Eine schlanke Frau mit schulterlangem grauem Haar kam aus dem Palazzo und blieb einen Schritt vor Franka stehen. Sie musterte sie von Kopf bis Fuß, rang die Hände und atmete tief und erleichtert durch.

An allen Fingern der Frau steckten Ringe. Sie waren silbern und mit dicken Halbedelsteinen besetzt. Eine dieser Ringhände legte sich um Frankas Arm und lenkte sie in das Haus hinein.

„Das sind meine neuen Freunde, Donatella!", erklärte Franka. Sie deutete auf die vier Knickerbocker. „Bei ihnen habe ich schlafen können."

Donatella nickte der Bande kurz zu, ohne dabei zu lächeln. Damit war die Begegnung für sie beendet und sie wollte mit Franka endgültig hinter der Tür verschwinden. Dazu aber ließ Lilo es nicht kommen. Laut sagte sie: „Du hast unser Zimmer gesehen, jetzt wollen wir aber auch dein Zimmer sehen. Das hast du versprochen."

„Ja, das habe ich versprochen, richtig!“, bestätigte Franka. Sie wandte sich an Donatella. „Meine neuen Freunde kommen mit.“

„Das ist ungünstig“, sagte ihre Großmutter schnell und mit leiser Stimme.

„Du sagst selbst immer: Was wir versprechen, müssen wir halten!“

„Aber nur zehn Minuten." Donatella gab sich geschlagen.

Auf einmal schien Axel an dem Besuch im Palazzo nicht mehr interessiert. „Ich warte hier draußen. Dominik auch."

„Nein!", protestierte sein Freund, erhielt dafür aber einen energischen Ellbogenstoß, der ihn umstimmte.

Axel raunte Lilo zu: „Wir sehen uns den Kanal an. Bis gleich!" Sie nickte kurz, ehe sie im Palazzo verschwand.

Die Morgenluft war angenehm kühl gewesen. Die Temperatur im Palazzo hingegen war eisig. Obwohl Lilo und Poppi Sweaterjacken trugen,

kroch beiden die Gänsehaut über die Arme. Sie befanden sich in einer breiten, düsteren Halle.

An den Wänden standen Säulen, die ein Gewölbe aus spitzen Rippenbögen trugen. Durch eine offene Tür kam die heisere Stimme des Conte. Franka, Poppi und Lilo stiegen ein paar Stufen hinauf, blieben dann aber stehen. Deutlich konnten sie das Gespräch zwischen Donatella und dem Conte hören. Es wurde auf Italienisch geführt und Franka verfolgte es mit einigem Erstaunen.

„Worüber reden sie?", erkundigte sich Lilo leise.

Franka deutete Lilo, still zu sein. Poppi hatte den Eindruck, Franka wurde mit jedem Satz, der gesprochen wurde, wütender. Schließlich zupfte sie Lilo und Poppi am Ärmel und führte sie durch das kahle Treppenhaus in den zweiten Stock. Ihr Zimmer war groß, die Möbel aus weiß gebeiztem Holz mit vergoldeten Schnitzereien. Die Einrichtung hätte viel besser zu einer Prinzessin als zur wilden Franka gepasst.

Nachdem Franka die Tür energisch zugedrückt hatte, machte sie ihrem Ärger Luft. „Dieser alte Nussknacker! Er geht mir wirklich schwer auf den Geist. Jetzt verlangt er, dass ich in ein Internat gesteckt werde. Am besten weit weg von hier. Er sagt, es gebe jetzt schon genug Unheil von der Familie abzuwehren, und er habe keine Lust, mitanzusehen, wie ich den edlen Familiennamen auch noch beschmutze.“

„Unheil abwehren?“, wiederholte Lilo nachdenklich. „Familiennamen beschmutzen? Kann es mit dem Brief zu tun haben? Dieser Brief vom Notar, der beim Zusammenstoß mit Axel auf den Boden gefallen ist und den du für uns übersetzt hast.“

„Ist doch unwichtig.“

War es das wirklich?

„Kennst du die Dame von gegenüber näher?“, wollte Lilo wissen.

„Manchmal winkt sie mir zu oder schickt Kusshändchen. Das finde ich total dämlich.“ Franka warf sich auf ihr breites Bett. Von der Decke flossen zwei Bahnen Tüll herab und bildeten ein Dach über dem Kopfende.

Donatella steckte den Kopf ins Zimmer und deutete Franka, hinaus auf den Flur zu kommen. Als sie zurückkam, schien sie sehr aufgeregt.

„Der Conte ist so aufgebracht, weil er erpresst wird. Dieser uralte Brief ist ein Erpresserbrief.“

Wie das gehen sollte, verstand Lilo nicht. „Womit kann der Conte nach mehr als zweihundert Jahren noch erpresst werden? Das hat doch alles längst nichts mehr mit ihm zu tun. Was auch

immer damals geschehen ist, muss schon lange vergessen sein."

Franka zuckte mit den Schultern. „Was weiß ich. Er ist völlig von der Rolle. Sogar der Arzt musste schon kommen, weil er sich so aufgeregt hat."

„Erpressung", wiederholte Lilo halblaut. Sie dachte angestrengt nach, was damit gemeint sein könnte. Wer auch immer den Brief hinterlegt hatte, hatte etwas in der Hand, womit er den alten Grafen unter Druck setzen konnte. Natürlich war der Erpresser schon lange tot, aber er schien seine Macht vererbt zu haben.

Doch an wen? Und wie hatte er das über so lange Zeit geschafft? Was hatte der Unbekannte in Händen, das die Familie des Conte nach zweihundert Jahren noch immer bedrohte?

Die Maskenwesen fielen Lilo ein. Masken waren ein uralter Brauch in Venedig, wie Herr Fuchs erzählt hatte. Zur Karnevalszeit wären sie nicht weiter aufgefallen, jetzt im Mai aber schon. Die Art, wie die Maskenträger sich verhielten, hatte etwas zu bedeuten. Es war, als führten sie kurze, wortlose Unterredungen.

Vom Treppenhaus drang eine aufgeregte, bellende Stimme herauf. Ein harter Gegenstand wurde immer wieder auf Stein geschlagen. Franka schnellte vom Bett auf und starrte mit angsterfüllten Augen auf die Tür.

„Der Conte, er kommt zu mir. Ihr bekommt gleich großen Ärger!“

Lilos Blick schweifte wie ein Radarstrahl durch den Raum und über die Möbel. „Poppi, unter das Bett.“ Poppi verstand sofort, warf sich flach auf den Bauch und verschwand in dem schmalen Spalt zwischen Bettgestell und Teppich.

Lilos Ziel war ein Schrank. Sie schob sich zwischen Kleidungsstücke, die ordentlich auf Holzkleiderbügeln aufgehängt waren, und zog die knarrende Tür von innen zu. Einen winzigen Spalt blieb sie offen, worüber Lilo dankbar war. Im Schrank roch es nach feuchtem Mauerwerk, Mottenkugeln und schlecht gelüfteter Bekleidung. Das Atmen fiel ihr nicht leicht.

In ihren Verstecken hörten Poppi und Lilo zwei Stimmen. Donatella versuchte ihren Vater, den Conte, zu beruhigen, eine Männerstimme unterstützte sie dabei. Lilo verstand den Namen Luigi. Sie erinnerte sich an Frankas Worte vom Vortag, als sie zusammen Eis gegessen hatten. Franka hatte Luigi einen Speichellecker genannt, der dem Conte immerzu schmeichelte. Von Beruf war er Detektiv und Anwalt.

Womit hatte der Conte ihn beauftragt? Ging es um die Erpressung?

Es kam noch schlimmer. Durch den schmalen Spalt konnte Lilo den Conte auf einen Holzstock mit altmodischem, gebogenem Griff gestützt herumhumpeln sehen. Er schlug mit dem Stock in die Richtung von Donatella und Luigi, um sie aus dem Zimmer zu jagen, und warf hinter ihnen die Tür zu. Franka befahl er, sich an den Tisch zu setzen. Sie musste nach Heft und Füller greifen und bekam von ihm etwas diktiert. Verstohlen blickte sie zum Schrank und unter das Bett. Wie lange würden es die Mädchen dort aushalten müssen?

EINE TÜR GEHT AUF

Nichts, absolut nichts hatte Axel mit der langen Stange im trüben Kanalwasser ertasten können. Um vielleicht doch noch etwas herauszufinden, hätte Axel in den Kanal eintauchen müssen. Dazu hatte er aber keine Lust. Das Wasser roch nicht einladend und die Dunkelheit und Ungewissheit, die ihn erwarteten, machten ihm Angst.

„Wir klingeln einmal drüben bei dem Haus, in das die Maske gestern Nacht hineingegangen ist", schlug er vor.

„Sollen wir nicht auf Lilo und Poppi warten?", gab Dominik zu bedenken.

„Die kommen schon nach."

Axel betrachtete den uralten Glockenzug. Als hätte er einen Zauberspruch gesagt, ging die Haustür vor ihm auf. Das Schloss gab einen metallischen Knall von sich und der Türflügel sprang nach innen, gerade so weit, dass Axel seitlich hätte durchschlüpfen können. Von drinnen wehte kühle Luft heraus, die nach alten Kartoffeln und Keller roch.

Wie war die Tür aufgegangen? Kein Summen eines Türöffners war zu hören gewesen. Axels warf einen prüfenden Blick auf die altmodische Verschlusskonstruktion im Türstock und erkann-

te keinerlei Spur von Elektrizität. Es musste also jemand die Tür von innen aufgeschlossen haben.

Waren da Schritte zu hören? Axel huschte nahe an den offenen Spalt und lauschte in die Stille des Hauses hinein. Ja, da ging jemand. Nicht sehr schnell und etwas unregelmäßig. Der unbekannte Türöffner stieg eine Treppe hoch, vermutete Axel.

Was ging hier vor sich? Ohne sich mit Dominik zu beratschlagen, setzte Axel seinen Fuß auf die ausgetretenen Steinfliesen des Flurs. Er wagte kaum zu atmen, um kein Geräusch zu überhören. Was sie gerade taten, war nicht erlaubt. Trotzdem wollte Axel es unbedingt tun. Er witterte ein Ge-

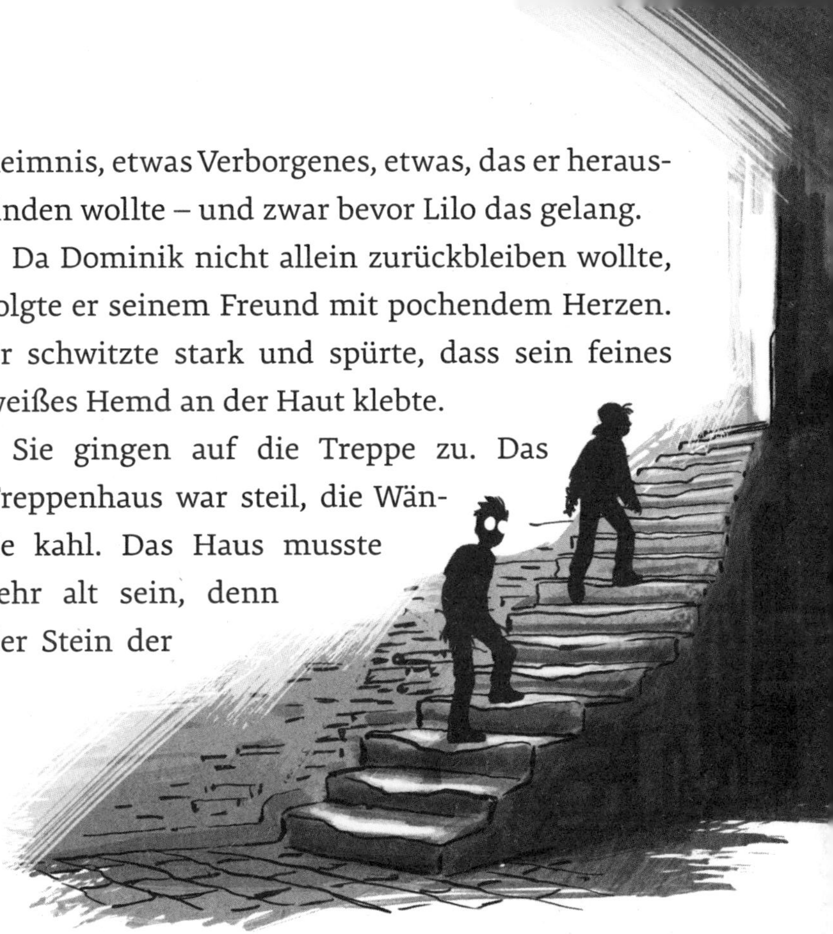

heimnis, etwas Verborgenes, etwas, das er herausfinden wollte – und zwar bevor Lilo das gelang.

Da Dominik nicht allein zurückbleiben wollte, folgte er seinem Freund mit pochendem Herzen. Er schwitzte stark und spürte, dass sein feines weißes Hemd an der Haut klebte.

Sie gingen auf die Treppe zu. Das Treppenhaus war steil, die Wände kahl. Das Haus musste sehr alt sein, denn der Stein der Stufen war in der Mitte abgetreten und glatt und zeigte nur noch an den Rändern die ursprüngliche aufgeraute Oberfläche.

Die Treppe führte in einen weiteren Flur, der auf beiden Seiten in lange Zimmerfluchten überging. Die Doppelflügeltüren standen offen und gaben den Blick in eine Reihe von Zimmern frei, die kein Ende zu nehmen schienen.

„Dieser Gang reicht vermutlich von einer Brücke bis zur anderen“, schätzte Dominik. Das bedeutete, hier befand sich auch das Zimmer, von dem aus das erste Maskenwesen beim Auftauchen aus dem Kanal beobachtet worden war.

Axel hielt sich den Ärmel seiner Jacke vor die Nase. In der Luft lag ein süßlicher Geruch von Parfüm, der ihn kitzelte. Er fürchtete, niesen zu müssen. Auch Dominik verzog das Gesicht, nachdem er prüfend geschnuppert hatte. Hatte hier jemand ein paar Flaschen Duftwasser ausgeleert? Es roch nach Rosen und Veilchen.

Die Jungen standen regungslos am oberen Ende der Treppe. Axel gab Dominik mit dem Kopf ein Zeichen, bis zum ersten Zimmer zu schleichen.

Hinter der Tür erstreckte sich ein großer Raum, der blassblau schimmerte und voller alter Möbel war.

Von dort kam eine Stimme. Dominik zuckte heftig zusammen und seine Finger krallten sich in Axels Arm. Vor Schmerz verzog Axel das Gesicht und schleuderte Dominik einen strafenden Blick zu.

Die Stimme sprach leise, aber in einem drängenden, gehetzten Tonfall. Leider sprach sie Italienisch, was die beiden Knickerbocker nicht verstanden.

Im Türrahmen erschien ein Arm. Die Hand war faltig und alt und ragte aus dem Ärmel eines abgestoßenen Samtsakkos.

Axel und Dominik kam der gleiche Verdacht: War das vielleicht der Mann, den sie am vergangenen Abend an der Brücke beobachtet hatten? Wieso war er hier im Haus? Warum hatte er ihnen die Tür geöffnet?

Nicht uns, ging es Dominik durch den Kopf. Der Mann hatte jemand anderen erwartet.

Von unten kam das Klicken des Türschlosses. Die Tür war nicht zugeschlagen, sondern zugedrückt worden. Schritte hallten langsam durch das Stiegenhaus.

Wer kam die Treppe hoch?

GIFT UND RACHE

„Sprich Deutsch mit mir! Zur Übung!“, bat Franka ihren Urgroßvater. „Wenn du mich in ein Internat in der Schweiz steckst, muss ich dort Deutsch reden. Also besser ich übe schon ein wenig dafür.“

Natürlich war das nicht der wahre Grund. Franka wollte, dass Lilo und Poppi mithören konnten, was der Conte mit ihr redete.

Der Conte saß so, dass Lilo ihn durch den schmalen Schlitz der Schranktür beobachten konnte. Seine geröteten Augen fielen in ihre Richtung. Schnell richtete sich Lilo auf. Sie hatte das Gefühl, der Conte könnte sie bemerkt haben. Ihr Herz raste.

Ächzend und schwer auf den Stock gestützt, stemmte sich der Conte von der Bettkante auf.

„Du bist mit zwei Mädchen gekommen, hat Donatella gesagt. Ich verbiete dir, sie noch einmal in den Palazzo Mamole zu bringen. Du wirst sie auch außerhalb nie wieder sehen. Ich hege den Verdacht, dass sie unserer Familie Schande antun wollen."

Entsetzt musste Franka mitansehen, wie der Conte die Schranktür mit der Spitze des Gehstocks energisch zustieß. Wie lange würde Lilo den muffigen Geruch aushalten?

Dieselbe Frage stellte sich auch das Superhirn, das in völliger Finsternis hockte. Der Gestank kitzelte sie in der Nase. Schnell kniff sie die Nasenflügel mit Zeigefinger und Daumen zusammen.

„Unsere Familie hat zwei Dogen hervorgebracht“, fuhr der Conte fort. „Die Mamoles zählen zu den wichtigsten und angesehensten Bürgern Venedigs. Ich werde nicht zulassen, dass unser Name beschmutzt wird. Du schreibst jetzt zehn Seiten, wie du das Ansehen der Mamoles hochhalten und ehren wirst.“

Ohne Widerspruch zog Franka die Kappe vom Füller. Sie wollte nur, dass der Conte so schnell wie möglich ihr Zimmer verließ und sie Lilo aus dem Schrank befreien konnte.

„Damit du wirklich arbeitest, werde ich noch bei dir bleiben“, kündigte der alte Graf an. Erschöpft ließ er sich auf das Bett fallen. Obwohl er nicht viel Gewicht auf die Waage brachte, ächzte das Bettgestell. Poppi warf einen besorgten Blick über sich. Die Latten würden doch nicht ausgerechnet jetzt zusammenbrechen!

„Urgroßvater“, begann Franka vorsichtig und mit schmeichelnder Stimme. Lilo und Poppi

hätten ihr einen so sanften, einfühlsamen Tonfall gar nicht zugetraut.

„Was?"

„Was macht dich so unruhig? Wie kann dich jemand erpressen?"

„Woher weißt du …?", brauste der Conte auf.

„Großmutter hat es mir gesagt. Weil du Ruhe brauchst. Aber ich habe selbst Sorge und Angst." Franka schien plötzlich wie ausgewechselt.

Conte Mamole seufzte tief. Sein Blick fiel durch das Fenster und verlor sich in der Ferne. Mehr zu sich selbst als zu Franka sagte er: „Wenn ich die Vergangenheit nur ungeschehen machen könnte. Es sind die schwarzen Schatten von damals, die uns zu vernichten drohen. Es stand verschlüsselt in der Familienchronik der Mamoles. Seit sechshundert Jahren wird in dieser Chronik jede Geburt, jeder Todesfall und alle Ereignisse, die einen Mamole betreffen, aufgezeichnet." In Gedanken versunken ließ der Conte den Gehstock zwischen den Händen tanzen. „Die Mitwisser sind alle tot. Vergiftet."

Lilo hatte Mühe, zu verstehen, was der Conte vor sich hin murmelte. Immer düsterer wurden seine Grübeleien, immer brüchiger wurde seine Stimme. Der intensive Gestank raubte Lilo den Atem. Sie hatte den Jackenärmel fest vor die Nase gepresst, aber der Mottenkugelgeruch drang durch. Sie hatte das Gefühl, nicht genug Luft zu bekommen. Lange würde sie es nicht mehr aushalten. Sie musste aus diesem Gefängnis gelangen und Sauerstoff in ihre Lungen pumpen.

„Vergiftet? Heißt das, es wurde jemand ermordet?“, fragte Franka. Bisher waren ihr die Mamoles als die langweiligsten Leute der Welt erschienen.

Der Conte hob den Kopf. In seinen Augen funkelte es triumphierend. „Ja, die Übeltäter wurden von einem deiner Vorfahren zum Schweigen gebracht. Er hat sie in diesen Palazzo eingeladen. Er

hat Gift in das Essen gemischt, das aber erst Stunden später wirksam wurde. Die Erpresser starben daheim, kein Verdacht fiel auf deinen Urahnen. Damit dachte er, für alle Zeiten Ruhe zu haben. Was für ein Irrtum!“

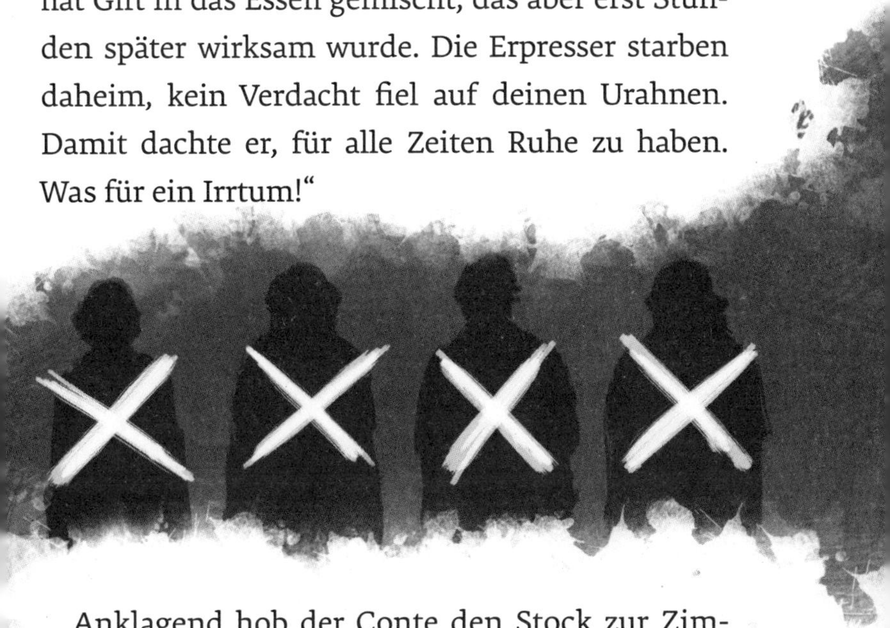

Anklagend hob der Conte den Stock zur Zimmerdecke, als könnte er direkt zum Himmel sehen. „Die Feinde waren voller Tücke und Verschlagenheit. Sie hatten alles vorbereitet, um hunderte Jahre später bittere Rache zu üben. Sie müssen geahnt haben, dass ein Mamole hinter ihre Pläne kommen könnte.“

Poppi spürte, wie sich die Matratze immer tiefer nach unten bog und ihr auf den Rücken drückte. Sie bekam Platzangst. Wenn der Lattenrost brach, würde sie unter der Matratze begraben werden.

„Ein Plan, wie ihn nur der Satan persönlich ausgeheckt haben kann. Wir alle werden leiden, wenn es nicht gelingt, das erpresserische Vorhaben zu vereiteln. Es wäre das Ende des Geschlechts der Mamoles.“

Lilo hielt es keine Sekunde länger aus. Ihr war schwindlig und übel. Sie warf sich von innen gegen die Schranktür und stolperte in das Zimmer. Blusen, ein Rock, eine Jeans und eine Stola blieben auf ihr hängen und ließen sie wie ein zerfetztes Gespenst aussehen.

Poppi, die Lilos Flucht mitbekam, kämpfte sich unter dem Bett hervor. Gesaugt oder gekehrt hatte man dort schon sehr lange nicht mehr. In Poppis Haar und an ihrer dunkelblauen Kleidung klebten

Wollmäuse und Staub. Auch Poppi hatte etwas von einem Geist.

Franka kreischte auf und schlug sich die Hände vor das Gesicht. Sie warf sich dem Urgroßvater an die Brust, wimmerte und heulte.

„Es spukt!", rief sie. „Hilfe!"

Die Knickerbocker-Mädchen zwinkerten ihr dankbar zu. Sie stürzten durch die Tür zum Treppenhaus und flüchteten zum Ausgang. Ihr Verschwinden war so schnell vor sich gegangen, dass der Conte zuerst gar nicht mitbekam, was da geschah. Als Lilo und Poppi in die Seitengasse hinausstürmten, hörten sie ihn von oben zetern und nach Luigi schreien. Aber auch der konnte die Mädchen nicht mehr erwischen. Sie rannten einfach und tauchten in dem Gewirr von kleinen Gässchen unter.

PUPPE MIT RUNZELGESICHT

Es war eng, es war heiß und Staub drang den Jungen in die Nase. Die einzige Möglichkeit sich zu verstecken war ein schwerer Samtvorhang an der Wand gewesen. Der Stoff war bestimmt einmal dunkelrosa gefärbt, mittlerweile aber ausgeblichen. Er hing von einer gedrehten Schmiedeeisenstange herab, als befände sich dahinter ein Fenster.

Axel hatte hektisch nach einem Versteck zu suchen begonnen, als sich von unten Schritte näherten. Der Vorhang war ihm als einziger Ausweg erschienen. Die alten Holzmöbel im Zimmer und auf dem Flur wirkten zu verzogen und verklemmt. Bestimmt hätten die Türen beim Aufziehen laut geknarrt.

Was auf der anderen Seite des Vorhangs geschah, konnten sie nur erahnen. Zu hören war nichts mehr. Wer auch immer das Haus betreten hatte, musste das Ende der Treppe schon erreicht haben und nun entweder vor ihrem Versteck stehen oder weiter in den Salon gegangen sein.

Der Schrei kam unerwartet und war deshalb auch doppelt erschreckend. Es war ohne Zweifel eine Frau, die den sehr hohen, spitzen Laut ausstieß. Die beiden Jungen zuckten heftig zusammen, stießen aneinander und Dominik stolperte nach vorn. Er fasste Halt suchend nach dem Samtstoff, krallte sich fest und riss dabei ein Loch, weil das Gewebe so alt und brüchig war. Axel fürchtete, entdeckt zu werden, und erwartete schon den nächsten Aufschrei. Der aber blieb aus.

Zwei Zimmer weiter wurde wild durcheinandergeredet. Dominik fiel die Aufnahmefunktion seines Handys ein. Er nahm das Gerät aus der Hosentasche und tippte suchend darauf herum. Endlich blinkte rot RECORD als Zeichen, dass das Handy aufnahm. Dominik streckte es durch das Loch im Samt. Er richtete das Mikrofon auf das Zimmer, in dem der Mann und die Frau noch immer heftig aufeinander einredeten.

Axel spähte am Vorhang vorbei. Aus dem Salon trat eine lebende Porzellanpuppe. Eine viel zu blonde Perücke umrahmte ein runzeliges, stark geschminktes Gesicht. Das rosafarbene Kleidchen mit dem weißen Spitzenkragen hätte viel besser zu einem kleinen Mädchen als zu dieser Frau gepasst, die bestimmt schon achtzig Jahre oder sogar noch älter war.

Ihr folgte der Mann mit dem grünen Samtwams und den breit gestreiften Hosen. Sein aschblondes Haar hing strähnig links und rechts vom Kopf herab. Verlegen drehte er den Hut mit der gewellten Krempe zwischen den Fingern. Auch er war schon älter, aber auf jeden Fall jünger als die Frau, die er als Signora Rosso anredete. Sie nannte ihn Cassono und schüttelte ständig verständnislos den Kopf. Als ob sie sichergehen wollte, dass er auch wirklich das Haus verließ, scheuchte sie ihn vor sich die Treppe hinunter.

Die Haustür wurde nicht nur geschlossen, sondern auch von innen zweimal abgesperrt. Einen großen, schon leicht verrosteten Schlüssel wie eine Keule in der Hand schwingend kehrte Signora Rosso zurück. Das Treppensteigen strengte sie sehr an. Sie fasste sich mit einer Hand an ihr Herz und rang nach Luft. Zum Ausruhen lehnte sie sich an die Wand, kam aber schnell wieder zu Kräften und stakste weiter in die lange Flucht der Salons.

Dominik hatte die Aufnahmefunktion des Handys schon abgeschaltet, hielt es aber immer noch in der Hand. Deshalb spürte er das Vibrieren sofort, das einen Anruf ankündigte. Lilos Name stand auf der Anzeige. Flüsternd meldete er sich und erklärte leise, wo er und Axel sich befanden.

„Wir können nicht raus, sie hat abgesperrt und den Schlüssel bei sich."

„Wir holen euch!", versprach Lilo.

Als das Klingeln des Glöckchens durch das Haus schallte und Signora Rosso

schimpfend nach unten ging, gab Axel Dominik ein Zeichen. Sie kamen hinter dem Vorhang hervor. Poppi und Lilo musste es gelingen, die alte Frau abzulenken.

Umständlich steckte Signora Rosso den Schlüssel in das uralte Schloss. Sie musste beide Hände zu Hilfe nehmen, um ihn zu drehen. In der Tür knirschte und ratterte es und schließlich sprang sie auf.

Draußen stand eine aufgeregte Poppi, Tränen liefen ihr über das Gesicht. Schluchzend zeigte sie hinter die Brücke, zu einer Stelle, die von der Haustür aus nicht zu sehen war. „Freundin, friend, amica", sagte sie und deutete pantomimisch an, dass diese Freundin gestürzt sei und sich verletzt habe. Sie brauche dringend Hilfe.

Die alte Dame hatte sofort Mitleid mit Poppi, die ihre Rolle sehr glaubwürdig und herzzerreißend spielte. Beruhigend auf sie einredend folgte sie ihr in ihrem zappelnden Gang.

Damit war für Dominik und Axel der Weg aus dem Haus frei. Ohne sich zu bemühen, leise zu sein, trampelten sie die Treppe hinunter und schlüpften ins Freie. Poppi warf einen Blick über die Schulter der alten Signora Rosso und sah, wie Axel ihr den Daumen in die Höhe streckte. Es tat Poppi leid, die gebrechliche Dame mit diesem Trick aus dem Haus gelockt zu haben, doch es war notwendig gewesen, um die Jungen zu befreien. Jetzt, da Axel und Dominik bereits in die entgegengesetzte Richtung türmten, ergriff auch Poppi die Flucht. Sie stammelte etwas von „Sorry, scusi", hob entschuldigend die Schultern und flitzte davon.

„Erledigt", verkündete Poppi keuchend. Lilo rief Axel wieder auf dem Handy an und sie vereinbarten als Treffpunkt den Markusplatz. An fast jeder Ecke in Venedig gab es Pfeile, die anzeigten, in welcher Richtung der berühmte Platz lag. Sie mussten ihnen nur folgen.

DIE FRIEDHOFSINSEL

Großzügig spendierte Dominik seinen Freunden wieder Eis und Limonade auf dem Markusplatz. Während das Walzerorchester geigte und musizierte, tauschten sie ihre Erlebnisse und Entdeckungen aus.

Am Nachbartisch saß ein Ehepaar, das die ganze Zeit zu ihnen hinübersah. Poppi bemerkte die prüfenden Blicke und machte die anderen aufmerksam.

„Was glotzen die so?“

Lilo nahm den Eislöffel, wischte ihn mit der Serviette blank und benutzte ihn als Rückblickspiegel.

„Die Frau kommt“, flüsterte Dominik aufgeregt, als sich die Dame am Nebentisch erhob und halb gebückt zu ihnen huschte. Sie klimperte heftig mit den Wimpern und spitzte beim Reden ständig die Lippen.

„Kinderchen, mein Friedrich behauptet, ihr seid die vier, die vor ein paar Wochen in der Zeitung zu sehen waren. Weil ihr geholfen habt, einen Dieb zu fassen. Stimmt das?“

Die Knickerbocker atmeten alle vier gleichzeitig erleichtert durch.

„Ja, das sind wir“, antwortete Dominik mit ernster Miene. „Sie haben den Artikel über uns also gelesen?“

Die Frau nickte so heftig, dass ihr die Sonnenbrille, die sie nach oben in die Haare geschoben hatte, herunterrutschte. „Wir erinnern uns genau. Neben eurem Foto war nämlich eine Meldung über diese neue Toilette, für die man kein Toilettenpapier mehr braucht, weil sie eine Dusche und ein Warmluftgebläse eingebaut hat. Friedrich hat gemeint, dass wir uns so eine Toilette kaufen sollten. Ich wollte aber lieber nach Venedig reisen. Jetzt ratet, wer gewonnen hat?“

Axel verdrehte die Augen und raunte aus dem Mundwinkel: „Toilette mit Po-Waschanlage! Wirklich der Heuler.“ Die anderen konnten sich das Lachen nicht verkneifen und prusteten los.

Ein wenig beleidigt wollte sich die Frau zurückziehen. „Eigentlich wollten wir ein Autogramm von euch. Aber ihr erscheint mir nicht gerade sehr freundlich."

Mit schuldbewusstem Gesicht beteuerte Dominik: „Bitte, verzeihen Sie, gnädige Frau, aber meine Freunde sind heute übermütig. Selbstverständlich erfüllen wir Ihre Bitte gerne und mit großem Stolz." Er zückte einen Füller, die Frau hatte schon einen Zettel vorbereitet. Während jeder der vier Knickerbocker schwungvoll seinen Namen malte, plapperte die Frau weiter: „Mein Friedrich ist auch so abenteuerlustig. Er war heute mit auf der Friedhofsinsel."

Sie hauchte die Worte nur, als würden sie sonst Tote zum Leben erwecken. „Er wollte unbedingt die Gräber berühmter Personen besuchen. Dazu hat er sich einen eigenen Friedhofsführer gekauft. Dort steht, in welcher Grabsteinreihe und auf welchem Platz so eine berühmte Person begraben liegt." Sie verzog enttäuscht den Mund. „Es waren aber keine Filmstars oder Popmusiker dabei. Lauter kluge

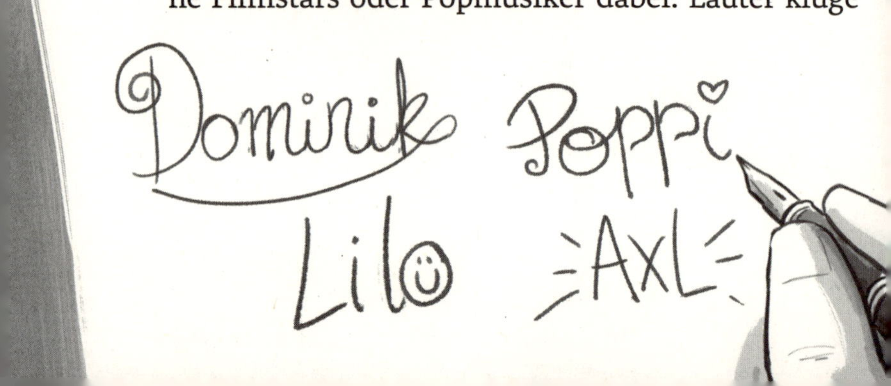

Leute liegen dort. Komponisten und Dichter. Ich kenne die alle nicht, aber mein Friedrich schon."

Sie drehte sich zu ihm und die Knickerbocker sahen ihn selbstgefällig nicken und huldvoll mit der Hand grüßen.

Stolz zog die Frau mit den Autogrammen der Knickerbocker-Bande ab.

„Sogar der Friedhof ist hier auf einer Insel", staunte Poppi.

„Ich komme wieder!" Mit diesen Worten meldete sich Dominik ab und ging von dem Tischchen auf dem Markusplatz unter die Arkaden und ins Innere des Cafés, um die Toilette zu suchen. Fünf Minuten später war er zurück.

„Das müsst ihr euch ansehen!“, sagte Dominik aufgeregt. Er legte den Betrag auf den Tisch, den das Eis und die Limo ausmachten, und winkte den anderen, schnell mitzukommen. Hinter der blitzsauberen Scheibe, durch die man in den Ausstellungsraum einer Galerie sehen konnte, hingen an den weißen Wänden riesige Ölgemälde in protzigen Goldrahmen. Die Bilder zeigten wilde Fantasien von Kraken, die aus dem Meer tauchten und mit den gigantischen Armen den Campanile, die Säulen des Dogenpalastes und den Glockenturm niederrissen. Auf einem Gemälde hatte ein Krake mit seinem harten Schnabel gerade einen Touristen in der Mitte durchgebissen, auf einem anderen riss das Seeungeheuer mehrere der schwarzen Gondeln samt Passagieren und Gondolieri in die Tiefe.

„Was sind das für Albtraumbilder?“, fragte Lilo.

Dominik deutete auf das lebensgroße schwarzweiße Foto eines Mannes, der mit Pinsel und Palette vor einer Staffelei stand und das nächste Bild vom Angriff der Killerkraken auf Venedig fabrizierte.

„Der Mann von gestern Nacht!“ Lilo hatte ihn sofort erkannt.

„Und auch der Mann, der heute in das Haus von dieser Frau Rosso gekommen ist“, ergänzte Dominik.

Auf dem Foto trug er das Samtsakko mit den ausgebeulten Ellenbogen und die schwarz-grau gestreifte Hose. Den Hut hatte er in den Nacken geschoben, sodass mehr von seinem Gesicht erkennbar war.

Poppi las auf dem Schild neben dem Foto den Namen „Massimiliano Cassono“.

Lilo stieß Dominik mit dem Ellbogen an. „Du gehst hinein und fragst, wo der gute Mann wohnt.“

„Wieso ich?“ Dominik waren die beiden Damen mit ihren knappen schwarzen Kleidern und dem strengen Make-up, die vor den Bildern auf und ab gingen, als würden sie Wache schieben, wenig sympathisch.

„Weil du so schick aussiehst und bestimmt den großen Kunstkenner spielen kannst!“, meinte Lilo und schubste Dominik in Richtung Ladentür. Widerstrebend drückte er sie auf. Ein Schwall eiskalter Luft schlug ihm entgegen. Er verstand nicht, wieso die Damen in den knappen Kleidchen in der Galerie nicht erfroren.

Durch die Schaufensterscheibe beobachtete der Rest der Bande, wie Dominik sich höflich verneigte und seine Frage stellte.

„He ho!“, sagte jemand hinter ihnen.

Axel drehte sich um und sah in ein gerötetes Gesicht, in dem ein buschiger schwarzer Schnauzbart prangte. An der schwarzen Hose und dem blau-weiß gestreiften Pulli war der Mann als Gondoliere zu erkennen. Um den Bauch hatte er ein rotes Tuch geschlungen.

„He ho!“, wiederholte er.

Fragend hob Axel die Augenbrauen. Wortlos streckte ihm der Mann einen gefalteten Zettel hin.

„Für mich?“ Axel konnte es nicht glauben. Er nahm den Brief entgegen und las: „Kommt schnell zu mir. Nehmt die Gondel.“ Die Unterschrift war genau so schwierig zu entziffern wie der Rest.

„Sieht nach Franka aus“, vermutete Lilo, die Axel über die Schulter blickte.

Mit dem Kopf deutete der Gondoliere zum Ende des Markusplatzes. Er winkte ihnen, mitzukommen.

„Verstehst du das?“, wollte Axel von Lilo wissen.

„Nein, aber wir fahren mit.“

Noch immer war Dominik in eine Unterhaltung mit den beiden Damen in der Galerie vertieft. Die zwei schienen an ihm Gefallen gefunden zu haben und redeten angeregt und mit großen Gesten auf ihn ein.

„Das dauert noch“, meinte Lilo.

Ungeduldig stampfte der Gondoliere mit dem Fuß auf. Mit den Händen bedeutete er ihnen, schneller zu machen.

„Kannst du auf Dominik warten?“, ersuchte Lilo Poppi. „Wir fahren zurück zu Franka und melden uns dann.“

Poppi war einverstanden. Axel und Lilo folgten dem Gondoliere.

LILO, AXEL, BITTE MELDEN!

Mit einem Zettel in der Hand trat Dominik ins Freie. „Ich habe nicht nur seine Adresse, sondern auch seine Telefonnummer und das geheime Klingelzeichen, das man verwenden muss, damit er öffnet. Dieser Massimiliano ist ein ziemlich komplizierter Mann. Recht interessant erscheint mir, dass Massimiliano nicht nur Maler ist, sondern auch Taucher. Haltet euch fest!"

Dominik legte eine Pause ein, um die Spannung zu steigern. Da erst fiel ihm auf, dass Axel und Lilo gar nicht neben ihnen gingen. Poppi erzählte von dem Gondoliere und Frankas Brief.

„Woher wusste der Gondoliere, dass wir auf dem Markusplatz sind?", wunderte sich Dominik.

Poppi blieb stehen und packte ihn hart am Arm. „Du hast recht. Franka kann das auch nicht wissen. Es sei denn, sie ist uns nachgeschlichen. Aber warum zeigt sie sich dann nicht?"

„Das riecht nach Falle!" Ohne ein weiteres Wort wechseln zu müssen, stürmten die beiden Freunde in die Richtung, in die Lilo und Axel mit dem Gondoliere gegangen waren. Im Laufen zückte Dominik sein Handy. Seine Finger zitterten, als er Lilos Nummer wählte. Der Aufbau der Verbindung dauerte Ewigkeiten, und als es endlich klappte, hörte er: „Hier ist Lilo, bitte eine Nachricht hinterlassen."

„Dominik hier! Ruf uns sofort an! Ihr rennt in eine Falle!", keuchte Dominik in sein Handy. Sie hatten den Markusplatz hinter sich gelassen und erreichten die ersten Kanäle. Zu welchem aber hatte der Gondoliere die Freunde geführt?

„Du wolltest doch noch etwas über diesen Maler erzählen", erinnerte Poppi Dominik.

Während die beiden den Wasserweg auf und ab sahen, berichtete er: „Massimiliano Cassono ist ein ausgezeichneter Taucher, auch wenn ihm das auf den ersten Blick nicht anzusehen ist. Er erschreckte früher gerne Touristen, indem er völlig überraschend aus einem Kanal auftauchte. Dazu ließ er sich einen speziellen Taucheranzug anfertigen, bei dem unter einem wasserabweisenden Umhang die Pressluftflaschen versteckt waren. Über der Taucherbrille trug er eine venezianische Karnevalsmaske."

„Dann war er das Maskenungeheuer, das du beobachtet hast?" Poppi zog Dominik weiter zum nächsten Kanal.

„Ich bin ziemlich sicher. Die Maske hat er nicht zufällig getragen. Sie bedeutet etwas. Genau wie die Maske mit den drei Nasen."

Während Dominik erneut versuchte, Lilo zu erreichen, wählte Poppi Axels

Nummer. Aber auch bei ihm kam sie nur auf die Mobilbox. „Hi, hier Axel, sprich oder leg auf“, hörte sie seine Ansage.

Wieso waren die zwei nicht mehr zu erreichen? Hatten sie beide die Handys abgedreht? Das taten sie sonst nie!

Im Palast der Mamoles herrschte angespannte Ruhe.

Franka war vom Conte in ihrem Zimmer eingesperrt worden. Aus dem zweiten Stock würde nicht einmal sie springen.

Das Heft lag aufgeschlagen auf dem Tisch, geschrieben hatte Franka aber nichts. Wütend rannte sie zwischen Bett und Schrank hin und her.

Dabei murmelte sie alle möglichen Flüche und Schimpfnamen und schwor dem Conte bittere Rache.

Sie konnte hören, wie jemand die Tür aufsperrte. Luigi erschien im Türrahmen und machte sich breit, als wollte er sie am Weglaufen hindern.

„Der Conte ist sehr erregt über diese Straßenkinder, mit denen du dich herumtreibst!", fuhr er sie scharf an.

Die Arme vor der Brust verschränkt, setzte sich Franka vor ihm auf das Bett. „Sie sind Detektive und haben bereits Fälle gelöst."

„Was tun sie hier in der Stadt? Hat sie jemand geschickt?"

„Die sind auf Klassenfahrt da. Ich habe sie kennengelernt, als ich vor Donatella abgehauen bin. Du kannst dem Conte bestellen, dass ich wieder verschwinden werde. Aber diesmal komme ich nicht mehr zurück. Verlasst euch drauf!"

Luigi schloss hinter sich die Tür und trat auf sie zu.

„Willst du schuld sein, wenn dem Conte etwas zustößt? Willst du dein ganzes Leben lang Schuldgefühle mit dir herumtragen, wenn ihn der Herzschlag trifft?"

Natürlich wollte Franka das nicht. Aber das behielt sie für sich.

„Was der Conte durchmacht, ist schrecklich genug. Also erspare ihm jede Aufregung."

Herausfordernd sah Franka ihn an. „Hast du Eltern, Großeltern, einen Urgroßvater, der nicht davor zurückschreckt, dich zu verhauen oder einzusperren?"

„Ich wäre froh, wenn ich Familie hätte. Leider lebt nur noch ein entfernter Onkel." Luigi sagte das leise und Franka bekam fast Mitleid mit ihm. Schnell wechselte er das Thema. „Diese zwei Jungen und die beiden Mädchen, was meinst du damit, sie seien Detektive?"

„Geht dich nichts an!“ Franka stand auf. Sie trat an das rechte Fenster und sah hinunter auf den Kanal. Ein Gondoliere lenkte gerade eine schwarze Gondel geschickt um die Ecke. Er stand auf dem Heck und benutzte nur ein langes Ruder.

Während sie ihm beim Lenken zusah, hörte sie, wie Luigi die Tür von außen schloss und wieder absperrte.

KALTE ÜBERRASCHUNGEN

Der Maler Massimiliano wohnte in der Nähe des Arsenals, wo früher die Schiffe gebaut wurden. Heute fand dort alle paar Jahre eine große Ausstellung moderner Kunstwerke statt, zu der Menschen aus der ganzen Welt nach Venedig reisten.

Poppi und Dominik drückten ständig die Wiederwahltaste, in der Hoffnung, Axel und Lilo endlich zu erreichen. Sie landeten aber bloß auf den Mobilboxen. Die Sorge um die Freunde wuchs, unternehmen aber konnten die zwei jüngeren Knickerbocker nichts. Deshalb machten sie sich auf den Weg zur Wohnung von Massimiliano.

Das Haus hatte einen algengrünen Verputz. Die schwarzen Fensterläden waren alle geschlossen, neben dem schwarz lackierten Eingangstor stand in ein Messingschild eingraviert: „Nicht klopfen, nicht rufen, klingeln sinnlos. Stören Sie den Meister nicht!“

Trotz des drohenden Schildes gab es einen Klingelknopf, der blank poliert im Sonnenlicht glänzte. Nach kurzem Nachdenken hatte sich Dominik den Klingelcode wieder in Erinnerung gerufen. Er drückte siebenmal kurz, dreimal lang, dreizehnmal kurz und danach einmal mehrere Sekunden lang.

„Tut sich nichts. War keine Glocke zu hören!", sagte Poppi, die das Ohr an die Tür gehalten hatte.

Umso überraschender war es für sie, als die Tür nach innen schwenkte. Sie bemerkten, dass die Tür nicht abgeschlossen, sondern nur angelehnt gewesen war. Die leichte Berührung durch Poppis Ohr hatte genügt, um sie in Bewegung zu setzen.

Eine Wolke starker Gerüche wehte über die Köpfe der zwei hinweg. Dominik erschnupperte Terpentin und Ölfarbe, Poppi bildete sich ein, Rosen zu riechen. Der Duft war intensiv und lähmte ihre Riechzellen. Mit dem Handrücken wischte sie sich über die Nase, um sie wieder freizubekommen.

Vor ihnen erstreckte sich eine Halle, die die Größe und Höhe eines Turnsaals hatte. Die beiden Knickerbocker fassten gleichzeitig nach dem Arm des anderen. Der Anblick, der sich ihnen bot,

war einfach zu schaurig: Von der Decke hing der glänzende Körper eines Kraken, von dem noch das Wasser abperlte. Seine Fangarme, die so dick wie Elefantenfüße waren, hatten sich um die Einrichtungsgegenstände des Raumes gelegt: Ein Arm schaukelte eine Staffelei, auf der eine halb bemalte Leinwand stand, ein anderer riss gerade die breite Lade einer Kommode auf, der dritte war um eine menschliche Gestalt gewickelt, die bereits tot zu sein schien, den Mund aber noch weit aufgerissen hatte zu einem letzten Schrei.

Je länger sie das Untier anstarrten, desto ruhiger wurden die Knickerbocker. Es handelte sich um eine Nachbildung, die täuschend echt aussah. Das menschliche Opfer musste eine Wachsfigur sein.

„Jedenfalls sind wir hier richtig“, murmelte Poppi. Allerdings war von Massimiliano nichts zu sehen.

Warum aber hatte die Tür offen gestanden?

Wieder sog Poppi die Luft kräftig durch die Nase.

„Riechst du das?", fragte sie Dominik.

„Das sind die Farben!"

„Nein, das Süße."

Dominik schnüffelte wie ein Suchhund. „Parfüm!"

Dieser Gedanke war Poppi noch gar nicht gekommen.

„Dieses Parfüm verwendet die Puppenfrau, diese Signora Rosso."

Poppi sah ihn überrascht an. „Das kann doch nur bedeuten, dass sie hier ist."

Links von ihnen entdeckte Dominik eine Tür aus Holz und Glas. Sie stand halb offen und führte in einen Flur mit mehreren Zimmern. Aus einem drang donnerndes Poltern. Etwas Schweres musste zu Boden gefallen sein.

„Ich schleiche hin und sehe nach“, sagte Dominik. Beim Zimmer angekommen, beugte er sich leicht vor und spähte am Türstock vorbei. Schnell zog er den Kopf wieder zurück und drehte sich zu Poppi. In Dominiks Gesicht stand Fassungslosigkeit.

—

Der Gondoliere führte Axel und Lilo zu einem beschatteten, ruhigen Kanal in einem Seitengässchen.

Uralte Steinstufen führten vom schiefen Gehweg zu einem Mauervorsprung, gegen den das grünlich schimmernde Wasser des Kanals schlug. Eine Gondel schaukelte dort wartend. Als Sitzgelegenheiten standen zwei Stühle in der Mitte des langen Bootes mit den aufgebogenen Enden.

Als Erster bestieg der Gondoliere das Boot, stellte sich auf das hintere Ende und stieß die Stange, die er zum Rudern und Lenken verwendete, in den schlammigen Boden des Kanals. Er deutete Axel und Lilo, schnell an Bord zu kommen.

Der Abstand zwischen Gondel und Mauer wurde breiter und schmäler, Axel und Lilo mussten den geeigneten Moment zum Einsteigen abwarten.

„Ich zuerst“, sagte Axel und warf sich in Position.

„He, Moment, lass mich zuerst!“ Lilo drängte ihn zur Seite.

Gleichzeitig machten beide Knickerbocker einen großen Schritt auf den Rand der Gondel zu. Mit aller Kraft drückte der Gondoliere in diesem Augenblick auf die Stange und stieß die Gondel weiter von der Gehwegkante weg. Damit hatten Lilo und Axel nicht gerechnet.

Unter ihnen floss das grüne Kanalwasser. Einen Moment schien die Zeit still zu stehen und die Erdanziehungskraft nicht zu wirken. Danach aber ging es umso schneller nach unten.

Das Wasser war kalt und schlug über ihren Köpfen zusammen. Kaum waren die beiden wieder aufgetaucht, begann Lilo heftig zu husten. Axel zerrte seine Freundin zum Pflasterrand, wo sie sich festklammerte und ihre Lunge vom ekelhaften Lagunenwasser befreite.

Der Gondoliere war vom Boot gesprungen und kniete auf dem Weg. Er streckte den Knickerbockern seine Arme entgegen und bot an, sie wieder an Land zu ziehen.

Er half ihnen auf die Gondel und reichte ihnen aus dem Stauraum unter der Platte, auf der er stand, zwei Wolldecken. Dankbar wickelten sich die beiden Freunde ein.

Düster starrte Lilo vor sich hin. „Es ist nur deine Schuld", schimpfte sie. „Weil du immer alles im Alleingang machen willst."

„Spinnst du?", brauste Axel auf. „Du wolltest unbedingt als Erste an Bord. Du hast mich gestoßen, deshalb bin ich abgestürzt."

Während der Gondoliere das lange Boot durch den Kanal und um die abgeschlagene Ecke eines

Häuserblocks steuerte, stritten die beiden Knickerbocker immer weiter.

Die Gondel glitt an einem Haus vorbei, dessen glaslose Fenster leer und dunkel glotzten. Es schien unbewohnt.

Der Gondoliere steuerte die Gondel in eine große Bogenöffnung. Unter dem gemauerten Bogen verstummten die Stimmen und Schritte, die durch die Gassen Venedigs schallten. Beim Eintauchen des Ruders hallte das Plätschern des Wassers von den feuchten Wänden wie in einer Höhle. Auf einem breiten gemauerten Vorsprung tauchten aus dem Halbdunkel zwei Eisenpoller auf. Der Gondoliere steuerte darauf zu. Er griff nach einem der Metallsteher und zog die Gondel mit den Händen an die Mauerkante, bis sie anschlug.

Axel und Lilo blickten sich um. Wieso wartete Franka in diesem verlassenen Haus auf sie?

MIESE TRICKS

Durch die offene Tür drang noch mehr Gepolter und Klirren. Schwere Holzgegenstände mussten zu Boden gefallen sein, Glas oder Porzellan war zerbrochen. Den Kopf tief zwischen die Schultern gezogen, als könnte er sich auf diese Weise vor dem schützen, was im Zimmer vor sich ging, schlich Dominik zurück.

Poppi deutete ihm, er solle ihr endlich verraten, was er beobachtet hatte. Er aber schob seine Freundin mit beiden Händen aus dem Haus auf die Straße und bis zur nächsten Brücke, von der aus einige Leute einen breiten Kanal fotografierten. Sein Atem ging schwer, sein Herz pochte, als hätte jemand mitten in der Nacht neben seinem Bett eine Kanone abgefeuert.

„Was ist?“, wollte Poppi endlich erfahren. „Was hast du gesehen?“

Noch hatte Dominik Mühe, genug Luft zu bekommen.

„Diese Signora Rosso ... sie hat eine Pistole ... und der Maler ... er sitzt auf dem Boden ... die Hände erhoben. Er hat Angst vor der alten Frau.“

So richtig verstehen konnte Poppi das alles nicht. „Zuerst bricht er in ihr Haus ein, dann kommt sie zu ihm und bedroht ihn mit einer Waffe?“

Zwischen jedem zweiten Wort musste Dominik Luft schöpfen. „Sie reißt ... Laden aus ... einer

Kommode … und wirft … absichtlich Vasen … und Gläser … auf den Boden."

„Sie sucht nach etwas!", schloss Poppi daraus.

Dominik nickte.

„Die beiden besitzen zwei scheußliche Masken. Massimiliano führt seine vor, indem er aus dem Kanal auftaucht, Signora Rosso spaziert mit ihrer in der Nacht auf der Brücke herum."

Endlich konnte Dominik wieder ruhiger atmen. „Sie könnten noch mehr solcher Masken besitzen", mutmaßte er.

Hinter Poppi klapperte es. Sie fuhr herum und sah einen behäbigen Mann auf eine aufklappbare Trittleiter steigen, um eine Tafel aufzuhängen. Mit Kreide hatte er die Angebote des Tages aufgeschrieben, die er in seinem kleinen Café anbot. Die Leiter brachte Dominik auf eine Idee.

„So muss es gewesen sein: Dieser Massimiliano ist ein guter Taucher und führt Leute gerne an der

Nase herum. Er kann eine solche Leiter im Kanal aufgestellt haben. Das Wasser ist trüb und die Leiter deshalb nicht zu erkennen. So hat es ausgesehen, als würde er eine Treppe hochkommen."

„Das kann ich mir gut vorstellen", pflichtete Poppi ihm bei. Noch immer aber wussten sie nicht, wieso die beiden alten Menschen diesen Spuk veranstalteten.

„Sollen wir die Polizei alarmieren?", fragte Dominik.

Poppi zuckte mit den Schultern. Lilo wüsste bestimmt, was jetzt zu tun wäre. Wohin hatte der Gondoliere Axel und sie gebracht?

—

„Was sollen wir hier?", fragte Lilo den Gondoliere beunruhigt.

Doch dieser gab keine Antwort. Er hatte sich abgewandt und werkte an der Gondel herum.

„He, sagen Sie etwas!" Lilo wurde ungehalten. „Wo ist Franka?"

Ohne sich zu Lilo und Axel umzudrehen, deutete er auf eine niedrige Tür. Das Holz war mit breiten

Blechstreifen gegen die Feuchtigkeit geschützt. Jeder Streifen war mit vielen Nägeln befestigt.

„Sie ist dort! Franka ist im Haus!", vermutete Axel. Es verwunderte ihn nicht weiter. Sie hatten Franka als wildes Mädchen kennengelernt, das vor wenig zurückschreckte.

„Wahrscheinlich ist sie abgehauen", fuhr Axel fort. „Dieser Conte ist ein Tyrann und das hat sie nicht mehr ausgehalten."

Axel trat an die Tür und entdeckte eine Klinke, die nur aus einer gebogenen Metallstange bestand. Er drückte sie hinunter und die Tür sprang auf. Der Raum dahinter war quadratisch und fensterlos. Das wenige Licht, das durch die Tür fiel, reichte nicht aus, um in die finsteren Winkel vorzudringen. Auch Lilo warf einen Blick über Axels Schulter.

„Schief", hörte sie Axel murmeln.

„Was?"

Axel drehte sich zu ihr um. „Der Bart hängt schie …" Das Wort blieb ihm im Hals stecken. Hinter Lilo sah er den Gondoliere.

Der Bart hing schief über seinem Mund. Er war nur aufgeklebt. Die dunklen Augen des Mannes trafen sich mit Axels wissendem und erschrockenem Blick. Er warf sich mit der Schulter voller Wucht gegen Lilos Rücken. Diese fiel nach vorn und stieß gegen Axel. Axel verlor das Gleichgewicht und versuchte, mit den Armen rudernd, Halt zu finden. Um einen Sturz zu verhindern, machte er noch zwei Schritte. Lilo stolperte ihm nach.

Der Gondoliere warf von außen die Tür zu. Scharf knackte es zweimal hintereinander im Türschloss.

„Eingesperrt! Er hat uns eingesperrt, oder?“, rief Axel.

Am heftigen Plätschern erkannte Lilo, dass der Gondoliere ablegte und wegfuhr. Er hatte sie absichtlich in eine Falle gelockt. Er war ganz sicher nicht von Franka geschickt worden.

„Wir haben die Handys“, fiel Lilo erleichtert ein.

„Die sind doch hin! Wir sind mit ihnen ins Wasser gefallen!“

Lilo zog ihr Gerät aus der feuchten Hosentasche. Leider hatte Axel recht. Das Handy ließ sich nicht mehr einschalten. Axels Telefon funktionierte ebenfalls nicht.

Wie sollten sie aus diesem muffigen Verlies ohne fremde Hilfe hinauskommen?

„Das hat der Gondoliere absichtlich gemacht!“, platzte Axel heraus.

„Was meinst du?“

„Er hat die Gondel abgestoßen, damit wir ins Wasser fallen und unsere Handys nicht mehr funktionieren. Sonst hätten wir Hilfe rufen können.“

Das klang durchaus logisch. Ihre Entführung war also geplant gewesen. Ein Profi war am Werk.

„Wer hat uns hier einsperren lassen?“, murmelte Lilo.

DER MASKEN-CODE

„Nichts!“ Immer wieder hatten Poppi und Dominik versucht, die anderen beiden Knickerbocker am Handy zu erreichen. Immer hörten sie nur die Ansagen der Mobilboxen. Sie wollten aber keine Nachrichten hinterlassen, sondern Lilo oder Axel an den Apparat bekommen.

Sie waren zum Haus des Malers zurückgegangen, hatten das Tor aber verschlossen vorgefunden. Was sollten sie nur unternehmen?

„Auf das Einfachste kommt man oft am schwierigsten!“, sagte Dominik auf einmal. Poppi sah ihn fragend an. „Wie meinst du das?“

„Wir gehen zu Franka. Selbst, wenn sie den Gondoliere nicht geschickt hat, weiß sie vielleicht etwas, das uns weiterhelfen kann.“

„Stimmt.“ Poppi ärgerte sich, dass sie nicht darauf gekommen war.

Es war halb drei Uhr, als die beiden Knickerbocker endlich vor dem Tor des Palazzos ankamen. Sie hatten das Gefühl, ihre Beine seien ein Stück kürzer geworden, so viel waren sie gerannt.

Um nicht die Aufmerksamkeit des Contes zu erregen, begannen die beiden Knickerbocker zu singen. Dominik, der schon in mehreren Musicals mitgespielt und dafür Gesangsunterricht genommen hatte, schmetterte aus voller Brust eine Arie wie die Gondolieri, die von den Touristen ein dickes Trinkgeld haben wollten. Poppi stimmte ein und sang eine ausgezeichnete zweite Stimme.

In dem Lied reimte Dominik „amore“ (die Liebe) auf „am Tore“ und das Wortspiel Schlenkerschlanka auf Franka. Es war ein völlig unsinni-

ger Text, in dem aber mehrere Male der Name des Mädchens vorkam. Poppi atmete erleichtert auf, als im zweiten Stock ein Fenster aufging und Franka sich herausbeugte. Mit Gesten gab Dominik ihr zu verstehen, sie solle herunterkommen und sie einlassen. Franka verstand sofort.

Im Palazzo herrschte drückende Stille. Mit ihrer Haarspange schloss Franka die Tür ihres Zimmers auf, eilte die Treppen hinunter und öffnete den Knickerbockern die Haustür. Stumm deutete sie zur Treppe. Ohne eine einzige Silbe zu sprechen, huschten die drei nach oben und verschwanden in Frankas Zimmer.

Beim Eintreten erlebten Dominik und Poppi eine böse Überraschung. Weder Axel noch Lilo waren hier. Nachdem Franka die Tür geschlossen und sich innen dagegen gelehnt hatte, fragten die zwei sie sofort mit gesenkter Stimme, was mit ihren Freunden passiert sei.

„Keine Ahnung", meinte Franka, erstaunt über die Frage.

Poppi berichtete flüsternd von dem Gondoliere und der Abholung.

Franka schüttelte den Kopf. „Ich habe keine Ahnung, wer das war. Wieso sollte ich einen Gondoliere schicken?"

Dominik setzte sich auf den Schreibtischstuhl, Poppi fiel auf die Bettkante. Ihre schlimmsten Befürchtungen waren wahr geworden. Hektisch wischte sich Dominik die Schweißperlen von der Oberlippe. Franka wollte die ganze Geschichte hören und die beiden Knickerbocker erzählten abwechselnd, was sie in den letzten Stunden alles erfahren und erlebt hatten.

„Massimiliano Cassono", murmelte Franka vor sich hin. Sie grinste in sich hinein. „Er ist ein Erzfeind des Conte. Ich weiß, dass der Conte seine Bilder immer ein Geschmiere nennt und sogar verbieten lassen wollte. Er nennt ihn einen Sohn der Hölle."

Poppi dachte an das, was sie am Vormittag gehört hatte. „Der Conte hat von einem teuflischen Plan gesprochen, als er mit dir über die Erpressung geredet hat. Und Cassono ist für ihn ein Sohn der Hölle. Könnte Cassono mit dem Plan zu tun haben?"

Dominik fiel die Aufnahme ein, die er im Haus von Signora Rosso gemacht hatte.

„Franka, hör dir das an. Was wird da gesprochen?" Er suchte die Aufnahme und spielte sie ab.

„Was reden sie?“, drängte Poppi.

Franka hockte sich mit dem Handy auf den Teppich und verschränkte die Beine.

„Und, was hast du gehört?“, fragte Dominik, nachdem die Aufnahme zu Ende gegangen war.

„Dieser Maler redet zuckersüß. So ein Honigmaul.“ Franka schüttelte sich angewidert. „Er schleimt herum, diese Schleimschnecke. Sagt ständig, dass die Vorfahren wohl gute Freunde gewesen seien, und fragt nach einem Paket, das Signora Rosso bekommen haben soll.“

Poppi und Dominik hörten mit großer Spannung zu und hofften etwas zu erfahren, das mehr Licht in die Vorfälle bringen würde. „Cassono

faselt von anderen Masken. Er habe welche und Signora Rosso müsse auch welche bekommen haben. Er wisse, was sie bedeuten, und sie habe doch auch Informationen. Er sei in Sorge gewesen, weil die Signora schon so alt sei und sich vielleicht zu sehr aufregen könnte."

Poppi knetete die Nasenspitze, wie Lilo das sonst tat. „Die beiden scheinen Pakete mit Masken bekommen zu haben. Und die Masken sind nicht irgendwelche Masken, sondern sie haben etwas zu bedeuten."

„Ein Geheimcode in Maskenform?", warf Dominik ein.

„Die beiden wissen, dass der jeweils andere ebenfalls Masken besitzt. Signora Rosso und Massimiliano versuchen, sich die Masken gegenseitig abzunehmen, damit sie den ganzen Code entschlüsseln können. Doch offenbar haben sie ihre Masken gut versteckt."

Franka sah zwischen Dominik und Poppi hin und her. „He, ihr Streberstiefel, ich verstehe kein Wort."

„Lilo findet sicher noch mehr heraus", meinte Dominik. Beim Namen des Superhirns sprangen beide Knickerbocker auf. Axel und Lilo brauchten ihre Hilfe, dessen waren sie sich jetzt sicher.

„Die Rosso war es! Sie hat den Gondoliere geschickt. Eigentlich wollte sie uns alle vier bekommen!", platzte Poppi heraus. Sie lief ans Fenster und sah hinüber zu dem langen Haus, das die alte Frau bewohnte.

Mit großen Schritten eilte jemand über die Brücke. Er ging vorgebeugt und zählte prüfend Geldscheine. Poppi packte den Fenstergriff und riss einen Flügel auf. Sie beugte sich hinaus und rief:

Der Mann drehte sich um. Einen Moment lang sah sie sein Gesicht. Unter der Nase hing ein buschiger Schnauzbart etwas schief über den Lippen. Das Erschrecken des Mannes war nicht zu übersehen. Er tat, als hätte er Poppi nicht bemerkt, und ging weiter. Nach ein paar Schritten begann er zu rennen.

Es war der Gondoliere!

IHM NACH!

Poppi, Dominik und Franka liefen in die Richtung, die der Gondoliere eingeschlagen hatte. Dabei kamen sie am Haus von Signora Rosso vorbei und tauchten dahinter in eine besonders enge Gasse ein. An manchen Stellen mussten die Leute nur den Arm aus dem Fenster strecken, um dem Nachbarn auf der anderen Seite die Hand zu schütteln.

Irgendwo auf halbem Weg durch die Gasse blieb Franka stehen und legte den Finger auf die Lippen. Sie gab den Knickerbockern ein Zeichen, ihr zu folgen, und schlich durch ein morsch aussehendes

Tor in ein Haus. Sie ging auf die erste Wohnungstür zu und klingelte.

Ein Mann in Unterhemd und Hose mit Hosenträgern öffnete. Sein Gesicht war zerdrückt, seine Augen gerötet, wahrscheinlich hatte er gerade einen Mittagsschlaf gehalten. Franka redete mit großen Gesten auf ihn ein und deutete über seine Schulter in die Wohnung. Der Mann machte ein verwirrtes Gesicht und ließ sie alle ein.

Franka ging zum Fenster und öffnete den dunklen Holzladen ein Stück. Sie beugte sich vor und versuchte in die Wohnung gegenüber zu spähen.

Deutlich konnten Poppi und Dominik von dort Stimmen hören. Ein Mann und eine Frau redeten schnell und heftig, sie klangen aufgeregt, gaben sich aber Mühe, nicht zu laut zu werden.

„Es geht um die Gondel und eure Freunde", übersetzte Franka flüsternd. „Der Mann regt sich

auf, weil er nur einen kleinen Teil seines Honorars bekommen hat. Er hätte euch alle vier einsperren sollen und …“ Franka brach ab und lauschte, ohne zu atmen. In ihrem Gesicht breitete sich ein wissendes Grinsen aus.

„Wieso strahlst du so?“, erkundigte sich Poppi.

„Ich weiß, wo Lilo und Axel sind“, verkündete Franka stolz.

Eine halbe Stunde später waren die beiden frei. Der Schlüssel hatte noch in der Tür des Kellerraumes gesteckt, in dem sie eingesperrt worden waren. War das Glück gewesen oder Absicht? Sollten die Knickerbocker nur für eine kurze Zeit aus dem Weg geschafft werden?

„Fuchs, wir müssen Fuchs anrufen!“, entschied Lilo, kaum hatten ihre Freunde die Tür geöffnet. Wenn sie sich nicht auf der Stelle meldeten, drohte ihnen großer Ärger, vielleicht sogar der Rauswurf aus der Schule. Mit ernster Stimme teilte sie dem Schuldirektor mit, sie hätten Franka nach Hause begleitet und den Conte besänftigen können. Trotzdem erscheine es ihr sehr wichtig, am besten über Nacht zu bleiben. Sicher sei sicher und am nächsten Tag würden Frankas Eltern zu Mittag erwartet, log Lilo. Sie würden sich dann um die Tochter kümmern.

Der Schuldirektor hatte großes Vertrauen in die Knickerbocker-Bande und gab seine Erlaubnis. Lilo schämte sich für die Lüge, die sie benutzt hatte.

Axel zupfte an den klammen, halbtrockenen Klamotten und nieste. „Ich hole mir den Tod, wenn ich nicht etwas Trockenes bekomme."

„Rosella", sagte Franka. Ohne weiter zu erklären, wer das sei, ging sie los. Sie führte die vier zu dem Kleiderladen, in dem sie sich selbst am Vortag trockene Sachen besorgt hatte. Die Inhaberin schien Franka sehr ins Herz geschlossen zu haben, denn sie legte die Häkelarbeit sofort weg und hörte sich ihre Bitte an. Franka zeigte auf Lilo und Axel und Rosella nickte ernst. Lilo bekam ein Kleid mit bunten Mustern, Axel eine schwarze Hose und ein weißes Hemd, dazu eine Jacke mit

goldenen Knöpfen. Er selbst kam sich darin vor wie eine Vogelscheuche, die anderen aber fanden seine neue Kleidung schick.

Lilo und Axel bedankten sich und versprachen, die Kleidung zurückzubringen. Rosella lächelte und hörte Franka zu, die übersetzte. Sie nickte den vieren freundlich zu. Dann redete sie heftig auf Franka ein. Als Rosella fertig war, drehte sich Franka zu den Knickerbockern und erklärte: „Es geht um Massimiliano Cassono. Im Radio ist eine Meldung gekommen, er sei in seinem Atelier überfallen und niedergeschlagen worden. Er wurde ins Krankenhaus eingeliefert."

„Wir müssen zu ihm!", sagte Lilo sofort.

Dominik hatte einen Gegenvorschlag: „Die Damen in der Galerie, die seine Bilder verkaufen, wissen sicher mehr. Lasst mich mit ihnen reden." Nach kurzem Überlegen war Lilo einverstanden.

Während also Dominik in der Galerie den beiden Damen schmeichelte und große Bestürzung über den Überfall auf den Maler zeigte, warteten die anderen ein bisschen abseits auf dem Markusplatz.

Die beiden Figuren auf dem Turm von San Marco schlugen sechs Uhr, als er endlich zu seinen Freunden zurückkehrte.

„San Michele", sagte er knapp.

Axel schnitt eine fragende Grimasse. „Dafür hast du dich jetzt fast eine Stunde bequasseln lassen? Mehr hast du nicht in Erfahrung gebracht?"

„San Michele", wiederholte Dominik geduldig. Axel machte der Tonfall wütend, weil er sich wie ein kleines Kind behandelt fühlte. „Jetzt rede endlich!", brauste er auf.

Sehr langsam sagte Dominik zum dritten Mal: „San Michele!"

Franka verstand ihn als Einzige. „Die Friedhofsinsel?"

Dominik nickte.

NÄCHTLICHES TREFFEN

In Venedig gab es weder Autos noch Busse oder Straßenbahnen. Öffentliche Verkehrsmittel waren Boote. Es handelte sich um lange, flache Metallschiffe mit glatten Dächern, vielen Standplätzen am Bug und im Heck und einem geschlossenen Raum in der Mitte. Genannt wurden sie Vaporetto.

Während die Knickerbocker auf das Vaporetto warteten, das sie zur Friedhofsinsel San Michele bringen würde, berichtete Dominik, was er erfahren hatte. „Zum Glück ist Massimiliano nichts Schlimmes passiert. Er behauptet aber, nicht zu wissen, wer ihn überfallen hat."

„Er will es nicht sagen" übersetzte Lilo.

Dominik sah es genauso. „Sie haben beide in meiner Anwesenheit mit ihm telefoniert. Er schien

ein bisschen wirr herumzustottern. Wahrscheinlich ist er mit dem Kopf hart aufgeschlagen. Vielleicht wollte er Signora Rosso verfolgen und ist dabei gestolpert."

„Und was ist mit San Michele, dieser Friedhofsinsel? Was hat sie mit den Masken zu tun?", wollte Axel wissen.

„Ihm ist herausgerutscht, dass er nach San Michele will. Noch heute Nacht. Weil sie heute Nacht kommen wird. Und sie hat alle Masken."

„Sie? Signora Rosso, oder?", fragte Poppi.

„Was tut sie mit den Masken auf der Friedhofsinsel?", überlegte Axel laut.

„Die Masken sind doch ein Code!", erinnerte Poppi die anderen.

Lilo spielte mit ihrer Nasenspitze. „Aus Sicherheitsgründen wird manchmal eine Botschaft in zwei Teile geteilt. Erst wenn die Hälften wieder zusammengesetzt werden, ist die Nachricht verständlich.

Mir scheint, wir haben es hier mit genau so etwas zu tun. Einen Teil der Botschaft kennt Signora Rosso, einen Teil der Maler. Sie geben einander die Informationen weiter, indem sie die Masken tragen. Schließlich wissen beide, worum es geht", spann Lilo den Gedanken immer weiter.

„Es könnte ein Hinweis auf eine Art Schatz sein", fiel Axel plötzlich ein. „Das ganze Theater ist nur dafür da, damit nicht einer allein an den ganzen Schatz herankommt."

Lilo schnippte mit den Fingern. „Nagel auf den Kopf getroffen, Axel."

„He, ihr Schätzchen, was soll das für ein Schatz sein?", schaltete sich Franka ein.

„Wissen wir bald auf San Michele!", meinte Dominik.

Auf das Vaporetto warteten sie aber vergeblich. Als Franka den Fahrplan studierte, musste sie feststellen, dass das letzte Boot bereits vor einer halben Stunde abgelegt hatte.

„Das machen wir anders!“, sagte Lilo. Vor ihnen tuckerte ein Fischer in seinem kleinen Schiff dahin. Leere Kisten zeigten an, dass er seinen Fang verkauft hatte und auf dem Heimweg war. Mit beiden Armen winkte Lilo ihm zu. Der Mann mit dem dunklen, von der Sonne und vom Salzwasser gegerbten Gesicht steuerte sein Boot zur Anlegestelle. Lilo flüsterte Franka ein, was sie sagen sollte. Sie seien fünf bedauernswerte Kinder, deren Lieblingstante verstorben sei, und deshalb müssten sie nach San Michele. Morgen würden sie schon wieder abreisen, dann wäre es zu spät. Aber das Vaporetto sei fort.

Der Fischer war ein Mann mit großem Herzen und lud sie ein, mitzufahren. Zwanzig Minuten später stiegen sie wieder aus und gingen breite Steinstufen hinauf zum Eingang des

Friedhofs. Er war von einer hohen Backsteinmauer eingefasst, über die Bäume, Grabsteine und Eisenkreuze ragten.

An die Friedhofsmauer waren Grüfte angebaut. Manche waren mit einem schweren Marmordeckel verschlossen, in den dicke Eisenringe eingelassen waren. Schlanke Grabsteine in der Form von Obelisken ragten in den Himmel, dazwischen trauerten steinerne Engel oder deuteten hoffnungsvoll zu den Wolken empor. Wie versteinerte Strandhäuschen wirkten die kleinen Grabkapellen, in denen sich bestimmt Gräber und Grüfte reicher Familien befanden.

Bei einer Trauerweide, die ihre langen Äste bis zum Boden herabhängen ließ, blieben sie stehen. Die Äste der Trauerweide bildeten ein kleines Zelt, in dem es nach altem Blumenwasser und modrigem Laub roch. Zwischen den flachen graugrünen

Blättern hatten die Knickerbocker einen guten Blick zum Friedhofstor.

Die Nacht brachte nicht nur Dunkelheit, sondern auch einen eiskalten Hauch. Poppi fröstelte, Lilo klapperte mit den Zähnen.

Das Brummen eines Motors war zu hören. Kam jemand? Der Motor stotterte und war bald darauf verstummt. Wenige Augenblicke später erschien eine zierliche Gestalt im Tor. Sie hob sich gegen das Dunkelblau der Dämmerung ab, trug einen bodenlangen Mantel und hatte einen großen Sack bei sich.

Gespannt spähten die vier Freunde und Franka aus ihrem Versteck.

Die Kapuze des Mantels wurde zurückgeschlagen. Der kleine, zierliche Kopf gehörte Signora Rosso. Sie war allein und sah sich hektisch um.

Als Licht hatte sie Laternen mitgebracht, die sie anzündete und auf den Boden stellte. Zuletzt knipste sie einen modernen Handscheinwerfer an.

Signora Rosso zog eine Maske nach der anderen aus dem Sack. Die ersten beiden waren die, die Axel, Lilo und Dominik schon kannten. Es folgten noch zwei weitere: Eine Maske bestand aus einem lachenden und einem weinenden Gesicht mit einer schnabelartigen Nase in der Mitte, die andere war eine Fratze, die allerhöchstes Erstaunen ausdrückte und zahlreiche Augen besaß. Aus der Entfernung konnte Dominik die Augen nicht genau zählen, aber er schätzte, es waren sieben. Schließlich kramte Signora Rosso aus dem Sack noch zwei Hälften, die zusammengesetzt eine normale weiße Maske mit ausdruckslosem Gesicht ergaben. Sie legte die Masken alle auf einem Gruftdeckel auf und studierte sie eingehend.

Wieder brummte ein Motorboot heran. Die Signora wurde unruhig und begann, die Masken in den Sack zu stopfen.

Das Boot hielt. Eine kurze Ruhepause verriet, dass jemand an Land ging. Sekunden später kam eine Gestalt durch das Tor, schaltete eine starke Taschenlampe ein und entdeckte sofort die Signora. Mit großem Erstaunen rief der Mann etwas hinter sich.

„Luigi, das ist Luigi“, raunte Franka.

Der Strahl der Taschenlampe traf in das zerfurchte Gesicht des Conte, der hinter Luigi den Friedhof betrat. Er schien über Signora Rossos Anwesenheit überrascht und redete mit gesenkter Stimme auf sie ein.

Die Signora raffte die Masken an sich, behielt die Männer dabei aber im Auge.

„Der Conte sagt, dass er ahnt, was sie hier sucht. In einem Grab muss etwas versteckt sein.

Die Masken sind der Hinweis, in welchem", übersetzte Franka für ihre Freunde.

Zwischen dem Conte und der Signora entbrannte ein heftiger Wortwechsel. Als der alte Mann auf sie zugehen wollte, hielt sie plötzlich die Waffe in der Hand, mit der sie schon Massimiliano bedroht hatte. Erschrocken wich der Conte zurück, hob sogar die Hände als Zeichen, dass er nichts unternehmen würde. Der Conte redete, aber Rosso hörte ihm nicht zu. Irgendwann verlor sie die Geduld und fuhr ihn heftig an.

Die vier Freunde sahen fragend zu Franka. „Es geht um Geld. Der Conte beschwört Rosso, ihm alles zu übergeben. Sie aber sagt, er müsse noch mehr bezahlen als seine Vorfahren. Sie hasse die Mamoles und besonders ihn, weil er sich immer so aufgeblasen benimmt."

Dominik hörte ein Quieken zu seinen Füßen und sprang nach hinten. Eine Maus war über die Spitze seiner Schuhe gelaufen. Beim Ausweichen

trat er auf etwas Hartes. Er bückte sich und hob ein Eisenschild auf. Es bestand aus einer ovalen Plakette an einem dicken, langen Dorn, den man in die Erde stecken konnte. Auf der kleinen Tafel waren mehrere Zahlen, arabische und römische, eingraviert: 23 / X / VII / 6.

Das Wortgefecht zwischen Rosso und dem Conte war zu Ende. Der alte Mann schien enttäuscht aufzugeben. Gemeinsam mit Luigi verließ er den Friedhof.

Poppi glaubte, das Quietschen einer Türangel auf der anderen Seite der Anlage gehört zu haben. Oder war es der Wind gewesen?

Noch immer stand Signora Rosso da, die Pistole auf den Friedhofsausgang gerichtet, durch den kurz zuvor der Conte und Luigi verschwunden waren. Von dort aber kam niemand mehr. Schließlich wandte sich Rosso wieder den Grabsteinen zu.

Axel zappelte auf einmal aufgeregt. „Dort, dort kommt jemand!“, flüsterte er.

Er hatte recht. Im Schutz der hohen Bäume am Rand des Friedhofs schritt jemand heran. Ein langer Umhang wehte. Die Gestalt bewegte sich sicher und ohne ein Geräusch zu erzeugen.

Signora Rosso kehrte ihr den Rücken zu. Sie war mit den Masken beschäftigt und bemerkte zu spät, was hinter ihr ablief. Die Pistole hatte sie abgelegt.

An der Art, wie sich die Gestalt bewegte, war zu erkennen, dass die Person nicht mehr jung war. Die Erscheinung im Mantel bückte sich, doch es schien ihr Schmerzen zu bereiten. Rosso drehte sich um, aber zu spät. Die Waffe war jetzt auf sie gerichtet.

DIE UNSICHTBARE MASKE

Die Gestalt, die den Friedhof betrat, trug eine elfenbeinfarbene Karnevalsmaske, deren Augen und Mund mit Goldflitter verziert waren.

Signora Rosso taumelte wie vorhin der Conte. Sie kippte zur Seite und konnte sich gerade noch auf dem niedrigen Gruftdeckel abstützen. Hinter ihr, am Tor des Friedhofs, waren der Conte und Luigi wieder erschienen. Sie hatten wohl davor gewartet und mitbekommen, was vor sich ging.

Zwischen den Leuten entbrannte eine hitzige Diskussion. Franka hatte Mühe, sie zu verstehen.

„Es geht um das Geheimnis der Mamoles und den Beweis. Die Masken führen zu diesem Beweis. Auch noch nach so langer Zeit, nach mehr als zweihundert Jahren."

„Wer ist da gekommen?", fragte Poppi leise.

Als wollte er ihr antworten, rief der Conte in diesem Moment den Namen:

Die Gestalt im Mantel zögerte kurz. Sehr langsam nahm sie dann die Maske ab. Darunter kam das lange, eisgraue Haar zum Vorschein, das sie hochgesteckt hatte. Es öffnete sich und fiel über ihre Schultern.

„Großmutter", sagte Franka entsetzt. Während das Gespräch der Italiener immer hitziger wurde, flüsterte Franka nur noch: „Großmutter und Massimiliano – sie mögen einander. Schon lange. Sie lieben sich. Aber der Conte hat diese Beziehung immer verboten. Weil die Cassonos und die Mamoles Feinde sind. Jetzt aber ist alles anders. Die Masken führen zum Beweis für den schlimmsten Schandfleck der Mamoles. Großmutter wird diese Beweise an sich nehmen. Der Conte soll Venedig und Italien für immer verlassen. Tut er es nicht, wird sie alle Welt wissen lassen, was sein Vorfahre getan hat. Was der Mamole getan hat, der einst Doge von Venedig war."

Donatella! Für Lilo war nun klar, dass Donatella der Bande die Falle mit dem Gondoliere gestellt hatte. Sie hätte sie wohl morgen wieder freigelassen. Der Schlüssel, den sie im Schloss der Tür zurückgelassen hatte, war ein Beweis dafür.

Sie wollte die Knickerbocker nicht in Gefahr bringen. Allerdings wussten die Freunde zu viel und hätten ihren Plan zum Scheitern bringen können. Das musste sie verhindern, da sie nun, nach vielen Jahren der unglücklichen Liebe, so nahe an ihrem Ziel war.

Frankas Großmutter scheuchte Signora Rosso, den Conte und Luigi aus dem Friedhof. Es dauerte eine Weile, bis der Motor des Bootes zu hören war. Das Geräusch wurde leiser, als sich das Boot mit seinen Passagieren entfernte. Donatella kehrte allein zurück und widmete sich den Masken.

Die Knickerbocker-Bande hörte ein heftiges Aufschluchzen. Unter Tränen stürzte Franka aus ihrem Versteck. Lilo gab den anderen ein Zeichen. Die vier folgten Franka.

Donatella Mamole stand wie zu einer Zypresse erstarrt da und sah den fünf Kindern entgegen. Angeführt von Franka gingen sie schweigend zu ihr.

„Was ist, Großmutter? Ich verstehe das alles nicht!“

Die schlanke Dame blickte von einem zum anderen und überlegte. Dann nahm sie Franka in den Arm. Das Mädchen ließ es geschehen und schmiegte sich an sie.

Tröstend und beschützend wiegte Donatella sie leicht und strich ihr über das Haar.

Lilo, Axel, Dominik und Poppi standen fassungslos und gerührt daneben.

Nach einem tiefen Seufzer begann Donatella zu sprechen. Damit auch die Knickerbocker-Bande sie verstand, sprach sie Deutsch.

„Die Verbundenheit zwischen den Rossos und Cassonos begann vor über zweihundert Jahren. Es geschah auf einem der vielen Maskenbälle, die damals in der Stadt abgehalten wurden."

In Gedanken versunken drehte Donatella die Maske mit den goldenen Zähnen in den Händen. „Damals passierten rätselhafte Diebstähle auf den Maskenbällen. Frauen wurde der wertvolle Schmuck gestohlen, doch niemand konnte sich erklären, wie es geschehen war. Es waren immer große Bälle, an denen auch der Doge teilnahm und die daher streng bewacht wurden."

Frankas Großmutter bemerkte, dass Lilo und Poppi fröstelten. Sie nahm ihren Umhang von den Schultern und hüllte die beiden darin ein.

„Und wer hat geklaut?", fragte Axel ungeduldig. Auch ihm war kalt und er hätte sich am liebsten unter den Mantel gekuschelt, wollte das aber nicht zeigen.

„Man nannte sie ‚Die Maske mit den tausend Gesichtern'. Verschiedene Teilnehmer der Feste hatten sie gesehen, aber keiner konnte sie beschreiben. Manche behaupteten, sie sei schwarz, andere redeten von einer tiefroten Maske. Unterschiedliche Aussagen gab es auch darüber, ob sie ein trauriges, grimmiges oder lachendes Gesicht zeigte. Die Beute der Maske mit den tausend Gesichtern wäre heute Millionen wert. Der Doge ließ überall Soldaten postieren und überwachte persönlich alle Maßnahmen. Dennoch war der Dieb nicht zu fassen."

Dominik zog die Luft durch die Zähne. Ihm war ein Verdacht gekommen. Lilo hatte eine ähnliche Idee.

„War der Dieb der Doge?“, fragte Dominik vorsichtig, als könnte er Donatella mit diesem Verdacht aufregen.

Und Lilo fügte hinzu: „Es war der Doge aus dem Haus der Mamoles.“

Franka riss die Augen auf. „Krass! Ein Klauer? Einer meiner Vorfahren hat gemopst?“

Ihre Ausdrucksweise kam gerade recht und brachte alle zum Lachen. Donatella hatte sich schnell wieder unter Kontrolle.

„Franka, wäre damals herausgekommen, was deine Freunde gerade so scharfsinnig kombiniert haben, wären du und ich vielleicht gar nicht geboren worden. Auf keinen Fall hier in Venedig. Es wäre der Untergang der Mamoles gewesen.“

Noch immer aber blieben viele Fragen offen. Donatella wollte sie alle beantworten.

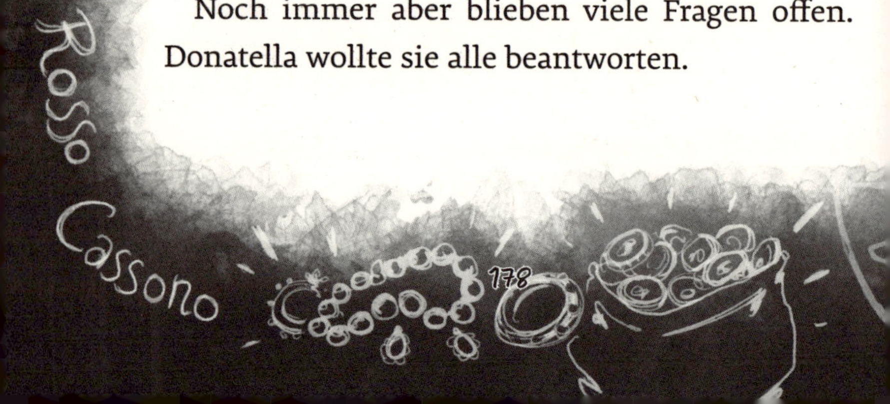

„Ein Rosso und ein Cassono wurden zufällig Augenzeugen eines Diebstahls beim prächtigsten Maskenfest der Stadt. Sie verfolgten den Dieb und entlarvten ihn als den Dogen persönlich. Sie verrieten ihn zwar nicht, aber erpressten ihn mit ihrem Wissen. Die Mamoles wurden von den Rossos und den Cassonos ausgenommen. Sie zwangen den Dogen, den erbeuteten Schmuck und dazu einen beträchtlichen Teil seines Vermögens herauszugeben."

Poppi klapperte mit den Zähnen. „Aber wieso stiehlt ein Doge?"

Donatella hob die Schultern. „In der Familienchronik ist es als Krankheit vermerkt. Unser Vorfahre brauchte wohl den Nervenkitzel, daher erfand er die unsichtbare Maske. Übrigens war es eine raffinierte Maske, die mit einer schnellen Handbewegung verwandelt werden konnte. Ein Mechanismus machte es möglich, sie blitzschnell immer anders aussehen zu lassen."

Franka erinnerte sich an das Gespräch mit dem Conte in ihrem Zimmer. „Die Feinde wurden aber vergiftet. Von den Mamoles."

„Ja", sagte Donatella und blickte traurig. „Als die Mamoles herausfanden, wer sie erpresste, haben sie sich gerächt. Sie haben aber nicht mit der Klugheit der Cassonos und Rossos gerechnet. Sie rechneten damit, dass der Doge sie eines Tages aus dem Weg räumen würde, und beschlossen deshalb, einen Racheplan zu ersinnen, der im Falle ihres Todes umgesetzt werden konnte. Sie hinterlegten die Masken bei einem Notar, wo sie von Generation zu Generation weitergegeben wurden. Erst nach zweihundert Jahren sollten ihre Nachfahren diese geheime Botschaft bekommen und die Familie Mamole mit der Wahrheit konfrontieren. Es ist eine Rache aus dem Jenseits."

Dominik hatte nach der Maske mit den drei Nasen gegriffen. „Aber wie konnten sie den Dogen

und die Mamoles erpressen? Welche Beweise hatten sie in Händen?"

„Das weiß ich nicht. Aber Massimiliano will sie unbedingt finden. Weil es das einzige Mittel ist, die Macht des Conte zu brechen. Ich kenne Massimiliano, seit ich ein kleines Mädchen bin. Der Conte hat mir immer verboten, ihn zu sehen. Später habe ich einen anderen Mann geheiratet, deinen Großvater, Franka. Aber Massimiliano ist immer in meinem Herzen geblieben. Nach dem Tod meines Mannes und dem Tod von Massimilianos Frau haben wir uns wieder zu treffen begonnen. Der Conte hat gedroht, mir alles zu nehmen, wenn ich die Beziehung nicht beende. Aber dann erhielt Massimiliano den Brief aus der Vergangenheit."

Suchend blickte Lilo über die Grabsteine. Mittlerweile war es stockdunkle Nacht. Wie Irrlichter

flackerten die Kerzen da und dort auf den Gräbern.

„Das Druckmittel ist hier versteckt, nicht wahr?"

„Ja!" Donatella nickte.

„Der Brief ging an den Conte und kündigte eine weitere Erpressung an, stimmt's?", rief Axel.

„Richtig. Damit die Nachfahren der beiden Familien auch sicher gemeinsame Sache machen würden, hatten ihre Ahnen folgenden Plan ausgeheckt: Jeder steckte in ein Paket zwei und eine halbe Maske. Der Auftrag lautete, sich mit diesen Masken den Mitgliedern der anderen Familie zu präsentieren. Wie eine Verschwörung, bei der kein Wort gesprochen wird, sollten diese Kontakte ablaufen."

„Der Code, das ist doch ein Code! Mithilfe der Masken wird eine Botschaft übermittelt!", warf Poppi ein.

Dominiks Angewohnheit, alles zu zählen, brachte ihn sofort auf eine Idee: „Es sind die Teile der

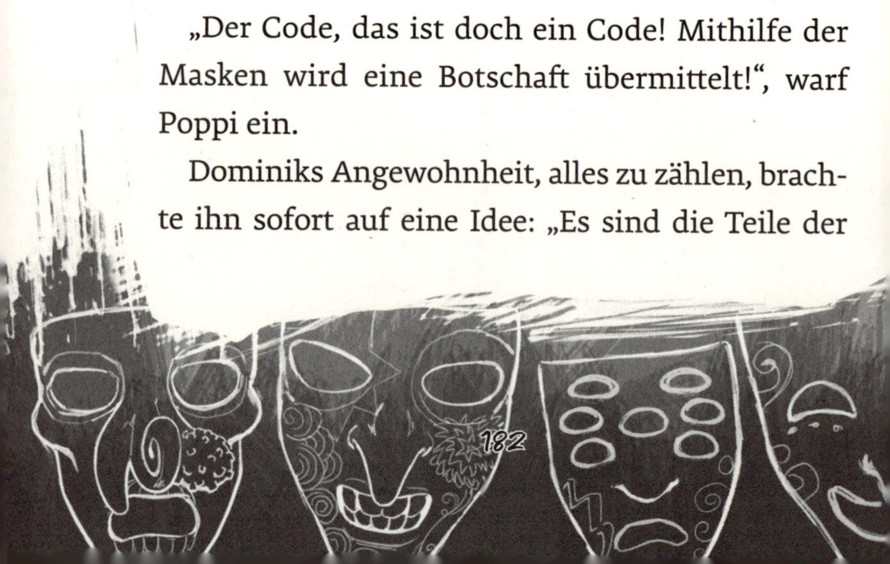

Masken, die besonders hervorstechen. DREI Nasen, NEUN goldene Zähne", nannte er als Beispiele. „SIEBEN Augen, ZWEI Gesichter", fuhr er fort.

Axel hatte die beiden Hälften aufgehoben, deren Kante perfekt zusammenpasste. Die Maske, die sie bildeten, war im Vergleich zu den anderen langweilig und beliebig und hatte einen kalten, toten Ausdruck. Auffallend war nur die Form der Augenlöcher. Eines war dreieckig, das andere gezahnt.

„Drei, neun, sieben, zwei", sagte sich Dominik immer wieder vor. Er sah über die Gräber hinweg zu den Grüften und Kapellen der reichen Familien.

Dominik fiel das Metallschild ein, auf das er unter der Trauerweide getreten war.

„Es ist die Nummer einer Grabstätte“, rief er laut, weil er sich über die Entdeckung freute. Die anderen drehten sich erschrocken zu ihm.

„Was?“, fragte Axel.

„Zuerst sollte die Maske mit den goldenen Zähnen vorgeführt werden, dann die mit den drei Nasen. Und wie weiter?“ Dominik kümmerte sich nicht um die Frage seines Freundes, sondern bestürmte Donatella.

„Die beiden Gesichter von Massimiliano und schließlich die Maske mit den sieben Augen.“ Donatella deutete auf die zweigeteilte Maske in Axels Händen. „Auf der Innenseite steht vermerkt: Trage mich dort!“

„Neun, drei, zwei, sieben!“, verkündete Dominik. „Wir müssen das Grab mit dieser Ordnungszahl finden.“

IN DEN HÄNDEN DES DICHTERS

Axel war es, der das Grab fand. Es war eine Gruft aus rotem Marmor, der schwere Deckel verziert

mit dicken Bändern aus Metall. Die Form war schlicht und eckig, der Grabstein eine schlanke Pyramide.

Er gab mit der Taschenlampe ein Blinkzeichen: dreimal kurz, einmal lang, einmal kurz. Das bedeutete: Kommt her, ich habe etwas entdeckt.

Donatella las den Namen und verstand, wieso die Spur zu dieser Gruft führte: „Hier liegt ein venezianischer Dichter, der damals sehr berühmt war. Die Vorfahren der Rossos und Cassonos mussten gewusst haben, dass sein Grab erhalten bleiben würde, wenn auch viele andere aus Platzgründen verlegt werden mussten."

Lilo hielt sich die zweigeteilte Maske vor das Gesicht. Sie war nicht aus Holz, sondern aus Leder und roch streng. Darunter zu atmen war nicht möglich. Also nahm Lilo die Maske wieder herunter.

„Die letzte Maske muss der Schlüssel zum Versteck sein", überlegte Lilo laut.

Poppi deutete auf die Augenöffnungen. „Ob die etwas zu bedeuten haben?"

Davon war Lilo überzeugt. Sie hob die Maske erneut an das Gesicht und drückte sie sich auf die

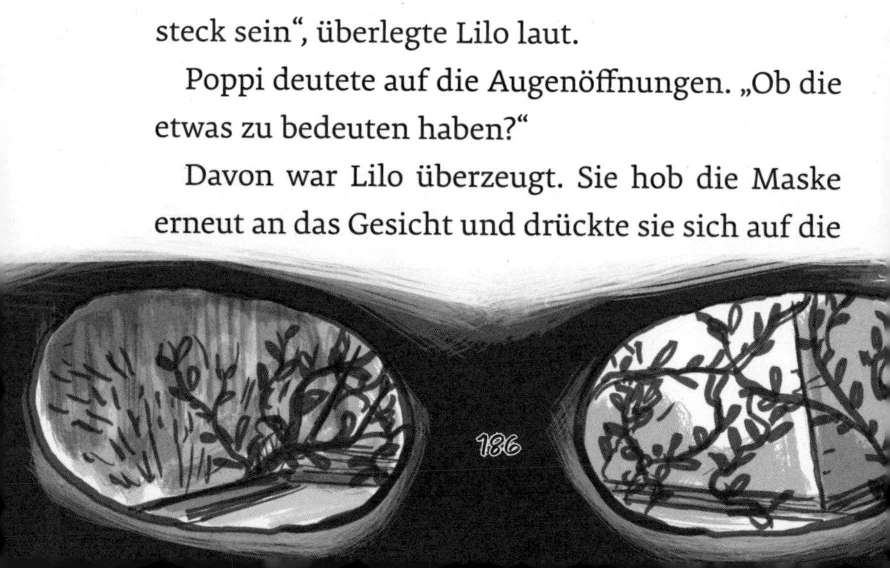

Nase. Gut konnte sie nicht durch die kleinen Ausschnitte sehen. Langsam drehte sie den Kopf und blickte vom Gruftdeckel hinauf zum überwachsenen Grabstein.

Um die Ranken wegzuziehen, war Axel über die Einfassung geklettert.

Er zog an den holzigen Schlingen und riss sie vom Stein. Ungefähr in der Mitte der Pyramide stieß er auf eine Inschrift.

„Die Zeichen ... genau wie die Augenschlitze!", rief er. Die anderen kamen näher. Axel zeigte ihnen das Dreieck und die runde Form mit den Zacken, die an eine aufgehende Sonne erinnerte. Die Symbole markierten eine Zeile der Inschrift, die Donatella leise vorlas: „In des Dichters Händen ..."

„Wann ist der Dichter gestorben?", wollte Lilo wissen.

Dominik fand das Datum unterhalb des Namens.

„Und wann fanden die Diebstähle der ‚Maske mit den tausend Gesichtern' statt?"

Donatella verstand, worauf Lilo hinauswollte: „Im selben Jahr. Die Maskenbälle fanden zur Karnevalszeit statt, der Dichter starb im November."

„Was auch immer es ist, sie haben es ihm ins Grab mitgegeben!", schloss Dominik.

Poppi fand diese Vorstellung wenig angenehm.

„Das Denkmal! Das Denkmal, an dem wir mit Herrn Fuchs vorbeigekommen sind", fiel Lilo ein.

Axel wusste sofort, welches sie meinte. „Dem die Tauben auf den Kopf … ihr wisst schon …“

Jetzt dämmerte es allen. Dominik konnte sich ein Grinsen nicht verkneifen.

„Es war ein Dichter und er hält eine Kiste in Händen“, erinnerte er sich. „Aus Stein oder aus Metall.“

„In des Dichters Händen“, wiederholte Donatella. „Das Denkmal des Dichters hält eine Schatulle. Seit Jahrhunderten war darüber gerätselt worden, was es damit auf sich hat. Es konnte nie ein Zusammenhang hergestellt werden. Aber die Statue ist von einem Vorfahren Massimilianos geschaffen worden.“

„Und in dieser Schatulle muss der Beweis versteckt liegen!“, rief Axel aufgeregt. War das Rätsel damit gelöst?

Nun spürten alle, wie stark sie froren. Donatella führte sie zu dem versteckten Nebeneingang des Friedhofs, durch den sie gekommen war und vor dem ein Boot auf sie wartete.

In den Palazzo der Mamoles wollten sie nicht zurückkehren, aber Donatella besaß die Schlüssel zu Massimilianos Haus.

Am nächsten Tag sprach Donatella persönlich bei Direktor Fuchs vor und lobte die Bande. Der Schuldirektor war stolz auf seine Schüler. Zu Iris' Entsetzen gab es keine Strafen für die vier.

Die restlichen Tage der Klassenfahrt verliefen weniger aufregend. Das änderte sich erst, als Franka in der Jugendherberge auftauchte.

„Mama und Papa kommen übermorgen in die Stadt!", berichtete sie strahlend. „Und Donatella und ich sind aus dem Palazzo ausgezogen. Der Conte hat sich kein einziges Mal blicken lassen. Ihr Massimiliano kommt nächste Woche aus dem Krankenhaus und die beiden verknallten Oldies werden vielleicht sogar heiraten."

„Hat sich Signora Rosso gemeldet?", fragte Lilo.

Franka lachte. „Sie ist ganz zerknirscht, weil sie so habgierig war. Aber ihr Zorn auf den Conte ist ziemlich groß. Er hat immer wieder versucht, sie aus ihrem Haus zu ekeln, weil er keine

Rossos in der Umgebung haben wollte. Bestimmt hat auch sie jetzt Ruhe vor ihm."

Das Wichtigste aber war die Schatulle. Die Bande wollte mehr darüber erfahren. Es bereitete Franka Spaß, die vier auf die Folter zu spannen.

„Ja, Donatella hat sie. Ein Mitarbeiter von Massimiliano hat behauptet, das Denkmal bräuchte eine Renovierung, und hat die Metallschatulle geöffnet."

„Und?", riefen die vier im Chor.

„Mein Vorfahre war ziemlich beknackt, das kann ich euch sagen." Franka schnaubte verächtlich. „Aber er war auch gerissen, denn die unsichtbare Maske ist wirklich eine starke Konstruktion. Sie besteht aus vielen Teilen, die du rauf und runter, hin- und herklappen kannst. Und jedes Mal sieht die Maske sofort völlig anders aus. Allerdings hat der Doge tatsächlich sein Siegel innen angebracht. Dabei besitzt nur er diesen Ring. In seinem Taumel an Ausgelassenheit hat er diesen Unsinn begangen und damit seine Schuld eingestanden. Die Maske war das größte Druckmittel!"

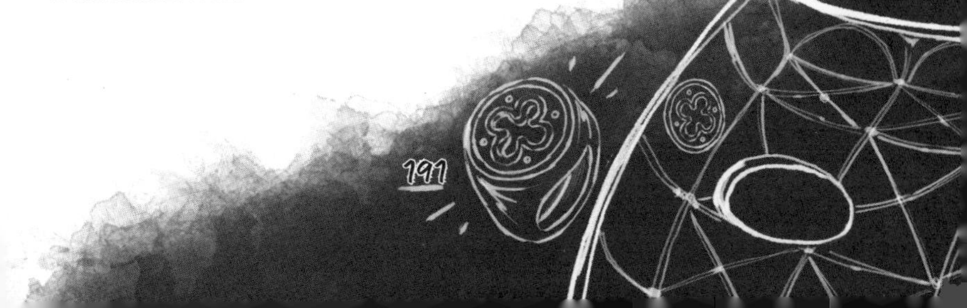

Die Knickerbocker-Bande sagte eine Weile nichts. Sie hatten schon so viele Fälle und Rätsel gelöst. Noch nie aber war eine Erpressung dabei gewesen, die vor mehr als zweihundert Jahren geplant und erst jetzt ausgeführt worden war. Sie hatten das Gefühl, tief in vergangene Zeiten eingetaucht zu sein.

„Wenn die Vorfahren der Cassonos und Rossos wüssten, dass sie zwar keine Rache bekommen, dafür aber deiner Großmutter zu ihrer großen Liebe verholfen haben!", meinte Lilo zu Franka.

„Ich muss los!", rief das Mädchen. „Donatella lässt euch grüßen. Macht es gut, ihr Gripskanonen!" Stürmisch, wie es ihre Art war, rauschte sie ab.

„Der Fall ist gelöst!", stellte Lilo zufrieden fest.

„Zeit für den nächsten!", verkündete Axel.

DIE
KNICKERBOCKER
BANDE